新・知らぬが半兵衛手控帖

金貸し

藤井邦夫

双葉文庫

目次

金貸し

新・知らぬが半兵衛手控帖

江戸町奉行所には、与力二十五騎、同心百二十人がおり、南北合わせて三百人ほどの人数がいた。その中で捕物、刑事事件を扱う同心は所謂《いわゆる》〝三廻り同心〟と云い、各奉行所に定町廻り同心六名、臨時廻り同心六名、隠密廻り同心二名とされていた。

臨時廻り同心は、定町廻り同心の予備隊的存在だが職務は全く同じである。そして、定町廻り同心を長年勤めた者がなり、指導、相談に応じる先輩格でもあった。

第一話　助太刀

一

　ぱちん……。

　廻《まわ》り髪結《かみゆい》の房吉《ふさきち》は、北町奉行所臨時廻《りんじまわ》り同心の白縫半兵衛《しらぬいはんべえ》の髷《まげ》の元結《もとゆい》を鋏《はさみ》で切って日髪日剃《ひがみひぞり》を始めた。

「旦那、聞きましたか……」

　房吉は、元結を切った髷と髪を解《ほぐ》しながら半兵衛に訊《き》いた。

「何をだい……」

　半兵衛は、眼を瞑《つぶ》ったまま訊いた。

「何処《どこ》かの旗本の隠居《いんきょ》、若い妾《めかけ》に逃げられたって話ですよ」

　房吉は、半兵衛の解した髪を櫛《くし》で梳《と》かしながら告げた。

「ほう。旗本の隠居が若い妾に逃げられたのか……」

半兵衛は、思わず訊き返した。

「ええ。それも若い妾は若い家来と一緒に……」

房吉は笑った。

「若い家来とか。それはそれは……」

半兵衛は苦笑した。

「で、旗本の隠居は怒り狂ったそうでしてね」

房吉は、半兵衛の髪を引いた。

「追手《おって》を放ったか……」

半兵衛は、僅《わず》かに仰《の》け反《ぞ》りながら読んだ。

「って話ですよ……」

房吉は眉《まゆ》をひそめた。

「して、逃げた若い妾、どうして旗本の隠居の妾になったんだい」

「何でも親の作った借金の形《かた》に身売りし、廻り廻って旗本の隠居の妾に落ち着いたって話ですが、仔細《しさい》は……」

房吉は首を捻《ひね》った。

「分からぬか。で、房吉が知る限りじゃあ、どうなんだ……」

半兵衛は、房吉たち世間の者の一件に対する見方を尋《たず》ねた。

「そりゃあもう、狒々《ひひ》爺《じじい》と人身御供《ひとみごくう》の娘って処《ところ》ですか……」

世間の者の見方は、若い妾に同情的なのだ。

「ま、そんな処だろうな……」

半兵衛は、眼を瞑ったまま頷《うなず》いた。

月番《つきばん》の北町奉行所の表門は八文字《はちもんじ》に開かれ、多くの人が出入りしていた。

半兵衛は、半次《はんじ》と音次郎《おとじろう》を表門脇の腰掛《こしかけ》に待たせ、同心詰所《つめしょ》に顔を見せに行った。

「半兵衛の旦那、大久保《おおくぼ》さまのお呼びが掛からなければ良いんですがね」

音次郎は心配した。

「ああ……」

半次は苦笑した。

「おはよう……」

半兵衛は同心詰所に入り、見廻《みまわ》りに行く仕度《したく》をしている同僚たちに声を掛け、早々に出ようとした。

「あっ、半兵衛さん……」

当番同心は、半兵衛を見逃さなかった。

「やあ。じゃあ、見廻りに行って来る」

半兵衛は、当番同心に笑い掛けて出掛けようとした。

「大久保さまがお呼びです」

当番同心は、慌《あわ》てて悲鳴のように叫《さけ》んだ。

遅かった……。

半兵衛は苦笑した。


「お呼びですか……」

半兵衛は、吟味方与力《ぎんみかたよりき》大久保忠左衛門《ちゅうざえもん》の用部屋に赴《おもむ》いた。

「おお、半兵衛、来たか。ま、入ってくれ」

忠左衛門は、文机《ふづくえ》に筆を置いて振り返った。

「おはようございます」

半兵衛は挨拶《あいさつ》をした。

「うむ。来て貰《もら》ったのは他でもない……」

忠左衛門は、筋張《すじば》った細い首を伸ばした。

面倒事か……。

半兵衛は、悪い予感に衝《つ》き上《あ》げられた。

「昨夜、古い知り合いが訪ねて来てな」

忠左衛門は、白髪眉《しらがまゆ》をひそめて語り始めた。

「古い知り合いですか……」

「その古い知り合いが、主筋《しゅうすじ》に当たる旗本家の事で参ってな」

「主筋の旗本家の事ですか……」

「うむ。主筋の旗本家の隠居がいてな」

「旗本家の隠居……」

半兵衛は眉をひそめた。

「うむ。その隠居が若い女を妾にしていたのだが……」

忠左衛門は、細い首の筋を引《ひ》き攣《つ》らせた。

「逃げられましたか……」

半兵衛は苦笑した。

「い、如何《いか》にも。半兵衛、何故に知っている」

忠左衛門は戸惑った。

「巷《ちまた》では既に噂《うわさ》に……」

廻り髪結の房吉に聞いた話だ。

「す、既に噂だと……」

「ええ……」

半兵衛は頷いた。

「そうか。既に噂になっておるか……」

忠左衛門は、細い首の筋を緩《ゆる》めて吐息《といき》を洩《も》らした。

「して、大久保さま……」

半兵衛は、忠左衛門に話の先を促《うなが》した。

「おお、そうだ。それで半兵衛、旗本家は駿河台《するがだい》は太田姫稲荷《おおたひめいなり》近くに屋敷のある水野采女《みずのうねめ》さまだが、石翁《せきおう》と云《い》う隠居は不忍池《しのばずのいけ》の畔《ほとり》にある隠居屋敷に若い妾と五人程の家来、それに奉公人たちと暮らしているそうだ」

「その若い妾と家来の一人が逃げましたか……」

「左様《さよう》。して、半兵衛。水野家の家来筋の儂《わし》の古い知り合いが捜し出せと命じられてな」

「で、大久保さまに捜して貰えぬかと頼みに来ましたか……」

半兵衛は読んだ。

「うむ。どうだ、半兵衛。本邸の家来たちも捜し廻っているのだが、何分《なにぶん》にも素人《しろうと》……」

「人捜しは面倒ですからねえ……」

半兵衛は、勿体《もったい》を付けた。

「うむ。そこでだ、半兵衛。今扱っている事件がなければ、捜して貰えぬか、此《こ》の通りだ」

忠左衛門は、細い筋張った首を伸ばして頼んだ。

悪い予感は当たった……。

半兵衛は苦笑した。

不忍池は煌《きら》めいていた。

半兵衛は、半次や音次郎と不忍池の畔を茅町《かやちょう》二丁目に進んだ。

隠居の名前は水野石翁。妾はお菊《きく》。一緒に逃げた若い家来は佐々木隆一郎《ささきりゅういちろう》。

隠居所は不忍池の畔、茅町二丁目にある。

「あそこですかね。水野家の隠居屋敷……」

音次郎は、不忍池の畔、寺の傍《そば》にある土塀に囲まれた小さな武家屋敷を指差した。

「おそらくそうだろうな」

半兵衛は頷いた。

「音次郎、隣の寺に行って確かめて来な」

半次は命じた。

「合点《がってん》です」

音次郎は、隣の寺の山門《さんもん》に駆け込んで行った。

「六十歳過ぎの隠居に二十歳過ぎの若い妾ですか……」

半次は、吐息混じりに小さな武家屋敷を眺《なが》めた。

「うん。隠居の水野石翁の人柄とお菊が妾になった経緯《いきさつ》が知りたいものだな」

「ええ。ま、若い妾に逃げられ、追手を掛けた隠居の人柄は、何となく分かりますがね」

半次は苦笑した。

「まあな……」

半兵衛は頷いた。

「旦那……」

半次は、水野家隠居屋敷を示した。

四人の羽織袴《はおりはかま》の家来が、水野家隠居屋敷から足早《あしばや》に出掛けて行った。

「追手ですかね……」

半次は眉をひそめた。

「うむ。きっとな……」

半兵衛は頷いた。

四人の羽織袴の家来は、不忍池の畔を遠ざかって行った。

「親分、旦那……」

音次郎が、隣の寺から駆け出して来た。

「間違いありません。水野さまの隠居屋敷だそうです」

音次郎は告げた。

「よし、近所の者や出入りの商人にちょいと聞き込みを掛けてみるか……」

半兵衛は、半次や音次郎と聞き込みを始めた。

尊大で高慢《こうまん》で気短《きみじか》な年寄り……。

水野家隠居の石翁は、近所の者や出入りの商人に評判が悪かった。

「ま、三千石の旗本家の隠居で町方に評判の良い者は滅多《めった》にいないが……」

半兵衛は苦笑した。

「それから妾のお菊ですがね。御家人の父親が金貸しから借りた金が返せないまま死にましてね。お菊は金貸しに年季奉公《ねんきぼうこう》に出て借りた金を返すと云い、奉公先を探してくれと頼んだそうです。で、金貸しが年季奉公先をいろいろ探し、お菊は水野家隠居の妾奉公に落ち着いたんだとか……」

半次は告げた。

「半次、そいつは、何処の誰に聞き込んだんだい」

半兵衛は尋ねた。

「出入りの行商《ぎようしよう》の小間物屋《こまものや》です」

「じゃあ、小間物屋は誰に訊いたのかな」

半兵衛は、戸惑いを浮かべた。

「そいつが、妾のお菊が紅白粉《べにおしろい》を選びながら自分で云っていたそうですよ」

「自分でねえ……」

半兵衛は、小さな笑みを浮かべた。

「はい……」

半次は頷いた。

お菊は、己の過去を拘《こだわ》りなく話す潔《いさぎよ》い人柄なのかもしれない。

半兵衛は読んだ。

「して、その金貸し、何処の誰か分かっているのか……」

「はっきりしませんが、神田佐久間町《かんださくまちよう》の徳兵衛《とくべえ》とか徳右衛門《とくえもん》とか……」

「神田佐久間町の徳兵衛か徳右衛門……」

半兵衛は頷いた。

「それから旦那、お菊と一緒に逃げた家来の佐々木隆一郎ですがね。気の利《き》かない要領の悪い奴でして、いつも隠居の石翁に怒鳴られていたそうですよ。隣の清《せい》源寺《げんじ》の寺男《てらおとこ》の宇平《うへい》さんに聞いたんですが……」

音次郎は告げた。

「そうか……」

半兵衛は苦笑した。

「はい……」

「よし。半次、音次郎、家来たちがお菊と佐々木隆一郎を見付けたら、隠居の石翁が動くかもしれない。お前たちは此処《ここ》を見張れ。私は神田佐久間町に行き、金貸しの徳兵衛か徳右衛門を捜してみるよ」

半兵衛は、二手に別れる事にした。

神田佐久間町は下谷《したや》御成街道《おなりかいどう》から向柳原《むこうやなぎわら》の通りの間、神田川《かんだがわ》北岸に続いている。

半兵衛は、神田佐久間町の自身番《じしんばん》に赴き、町内に金貸しの徳兵衛か徳右衛門がいるか尋ねた。

「は、はい。金貸しの徳右衛門さんならおりますが……」

自身番の店番は、町内名簿を見ずに告げた。

「徳右衛門か……」

「はい……」

半兵衛は、金貸しが徳右衛門だと知った。

「して、家は何処かな……」

「はい。利助《りすけ》さん……」

店番は、番人の利助に半兵衛を案内するように促した。

「はい。御案内致します。此方《こちら》でございます」

番人の利助は、半兵衛を促した。

「うん。済まないね」

半兵衛は、番人の利助に続いた。

金貸しの徳右衛門の家は、神田川に架《か》かる和泉橋《いずみばし》の袂《たもと》、佐久間町二丁目にあった。

「あの家にございます」

番人の利助は、黒板塀に囲まれた仕舞屋《しもたや》を示した。

「うん……」

半兵衛は、黒板塀に囲まれた金貸しの徳右衛門の家を眺めた。

金貸しの徳右衛門の家には、金を借りに来たと思われる者が出入りしていた。

「造作《ぞうさ》を掛けたね。引き取ってくれ」

半兵衛は、番人を労《ねぎら》って帰した。

「さあて……」

半兵衛は、金貸しの徳右衛門の家に向かった。


金貸しの徳右衛門は、急に訪れた半兵衛を落ち着いて迎えた。

半兵衛は、通された座敷で出された茶を啜《すす》った。

「此《これ》は此《これ》は北町奉行所の白縫半兵衛さまにございますか。手前は金貸しの徳右衛門にございます」

徳右衛門は、落ち着いた風情《ふぜい》で挨拶をした。

「うむ。徳右衛門、ちょいと訊きたい事があってな……」

「はい。手前の存じている事なら、何なりとお答え致しますが……」

徳右衛門は笑った。

「うむ。徳右衛門、他でもない、旗本水野家隠居石翁さまの許《もと》に妾奉公したお菊の事だ」

半兵衛は、徳右衛門を見詰めた。

「ああ。お菊さんの事ですか……」

「うむ。お菊が隠居の石翁に妾奉公した経緯の仔細をな……」

半兵衛は笑い掛けた。

「それはそれは。お菊さんは、下谷練塀小路《ねりべいこうじ》の組屋敷に住んでいた加山重蔵《かやまじゅうぞう》さまの娘さんにございましてね。母上さまが長年の心の臓《しんぞう》の病。ですが、父上の重蔵さまは酒と博奕《ばくち》に現《うつつ》を抜かし、手前共に借金を重ね、そうしている内に酔って神田川に落ちて溺《おぼ》れ死にをし、続いて母上さまも後を追うように。残された借金、どうしようかと思っていたら、一人残されたお菊さんが年季奉公に出て返すから、奉公先を探してくれと云って来ましてね」

徳右衛門は、お菊に同情的な口振《くちぶ》りだった。

「ほう。お菊が自分で年季奉公を云い出したのか……」

半兵衛は、微《かす》かな戸惑いを覚えた。

「左様にございます。お菊さん、お父上の借金を何としてでも返すと潔く覚悟を決めたのでしょう」

徳右衛門は、感心した面持《おもも》ちで告げた。

「それで、お店や岡場所《おかばしょ》の年季奉公などいろいろありましてね。その中に水野石翁さまの隠居屋敷の女中奉公ってのがございまして、手前がお菊さんを伴《ともな》って隠居屋敷にお伺《うかが》いした処、御隠居さまが甚《いた》くお気に入られて、妾奉公をしないかと

「……」

「石翁さまが……」

「はい。そうしたらお菊さんが、支度金《したくきん》の多い妾奉公の方がお父上の残された借金も直《す》ぐに返せるからと……」

「自分で妾奉公を決めたのか……」

半兵衛は眉をひそめた。

「はい。そして、手前共にお父上の残した借金を綺麗《きれい》に返し、石翁さまに妾奉公を始めたのでございます」

徳右衛門は、穏《おだ》やかに告げた。

「そうか。お菊は何もかも自分の意思で決めたのか……」

半兵衛は知った。

「はい。手前はそのお手伝いを少しばかりしただけにございます」

徳右衛門は笑った。

「そうか。お菊が妾奉公に出た経緯、良く分かった……」

半兵衛は苦笑した。

「そうですか。で、白縫さま。お菊さん、石翁さまの隠居屋敷から姿を消したのは、本当なのでしょうか……」

　徳右衛門は、お菊の失踪《しっそう》を知っていた。

「うむ。どうやら間違いはないようだ」

　半兵衛は頷いた。

「どうしてなのかは……」

　徳右衛門は眉をひそめた。

「さあ、理由は未《ま》だだ……」

「そうですか。それにしても、お菊さんに何かあったんでしょうかね」

　徳右衛門は、戸惑いを浮かべた。

「うむ……」

　お菊は、石翁に嫌々《いやいや》妾奉公をした訳ではない。父親の残した借金を返す為、自分から潔く妾奉公に出たのだ。

　それが今何故、姿を消したのか……。

　戸惑いは金貸し徳右衛門だけではなく、半兵衛も感じないではいられなかった。

水野石翁の隠居屋敷には、本邸から呼ばれた家来たちが出入りをしていた。

半次と音次郎は、不忍池の畔から見張っていた。

「家来たちも大変ですね。行方《ゆくえ》を晦《くら》ました隠居の妾捜しだなんて……」

音次郎は、家来たちに同情して笑った。

「ま、今時はそいつも武家の奉公、忠義《ちゆうぎ》って奴なのかもな……」

半次は苦笑した。

若い家来が、隠居屋敷に駆け込んで行った。

「親分……」

音次郎は緊張した。

「うん……」

半次は眉をひそめた。

僅かな刻が過ぎた。

駆け込んだ若い家来が三人の朋輩《ほうばい》と隠居屋敷から現れ、不忍池の畔に駆け去った。

「音次郎、此処を頼む……」

「合点です」

音次郎は、緊張した面持ちで頷いた。

半次は、不忍池の畔を行く若い家来たち四人を追った。

若い家来たち四人は、不忍池の畔を北に向かった。

半次は追った。

行き先は谷中《やなか》か、根津権現《ねづごんげん》から千駄木《せんだぎ》か……。

半次は、不忍池の北に続く場所を読んだ。

若い家来たち四人は、根津権現門前町に入った。

此のまま根津権現から千駄木に行くのか、それとも途中で東に曲がって谷中に行くか……。

半次は追った。

若い家来たち四人は、根津権現に真《ま》っ直《す》ぐ進んだ。

千駄木か……。

半次は読み、若い家来たち四人を追った。

千駄木は武家屋敷と寺、そして田畑の多い処だ。

お菊と佐々木隆一郎は、此の千駄木の何処かに潜《ひそ》んでいるのか……。

半次は、団子坂《だんござか》から田畑の中の小道を進む若い家来たち四人を追った。

二

千駄木の田畑の中の小道の先には、雑草に囲まれた崩《くず》れ掛《か》けの百姓家があった。

若い家来たち四人は、崩れ掛けの百姓家に進んだ。

半次は、田畑に下りて追った。

若い家来たち四人は立ち止まり、雑草の中の崩れ掛けた百姓家を窺《うかが》った。

崩れ掛けた百姓家に誰かいるのか……。

半次は睨《にら》んだ。

若い家来たち四人は、崩れ掛けた百姓家に向かって雑草の中を進んだ。

半次は見守った。

若い家来たちは、崩れ掛けた百姓家の中を窺った。そして、互いに頷き合い、刀の鯉口《こいぐち》を切って崩れ掛けた百姓家に踏み込んだ。

「おのれ、佐々木隆一郎……」

男の怒声があがった。

激しい音が鳴り、崩れ掛けた百姓家の軒《のき》が傾《かたむ》いた。

若い家来たちが、抜き身《ぬみ》を手にして崩れ掛けた百姓家から飛び出して来た。

若い大柄《おおがら》な侍が刀を手にし、追って現れた。

「待て、待て、隆一郎、落ち着け……」

若い家来は、必死に叫んだ。

隆一郎……。

若い大柄な侍は、お菊と一緒に隠居屋敷から逃げた佐々木隆一郎だ。

半次は気が付いた。

若い家来たちは、佐々木隆一郎を取り囲んだ。

「隆一郎、お菊さまは何処だ。何処にいる」

若い家来は尋ねた。

「知らぬ。根津権現の茶店で厠《かわや》に行った切り姿を消したんだ」

隆一郎は、怒鳴り返した。

「隆一郎、それは本当の事なのか……」

「ああ。本当だ、泰之助《やすのすけ》。お菊さまはそれっ切り戻らないんだよ」

隆一郎は泣き叫んだ。

「落ち着け、隆一郎。何処だ。お菊さまは何処に行ったのか、知らぬのか……」

泰之助と呼ばれた若い家来は尋ねた。

「ああ。知らぬ。俺は本当に知らないんだ」

隆一郎は頷いた。

「ならば、御隠居さまに詫《わ》び、許しを乞《こ》え」

若い家来は勧《すす》めた。

「嫌だ。泰之助、御隠居さまがお許しになる筈《はず》がない。お手討《てう》ちにされるだけだ。泰之助、俺は嫌だ。まだ死にたくない……」

隆一郎は、声を激しく震《ふる》わせた。

「隆一郎……」

泰之助は、声を引き攣らせた。

家来の一人が、怒声をあげて隆一郎に斬り掛かった。

隆一郎は、咄嗟《とっさ》に躱《かわ》して刀を一閃《いっせん》した。

斬り掛かった家来は悲鳴を上げ、斬られた肩から血を飛ばして倒れた。

「おのれ、佐々木……」

残る二人の家来が刀を構え、隆一郎に迫った。

隆一郎は刀を振り廻し、獣のような叫び声を上げて二人の家来に突進した。

二人の家来は、思わず退《しりぞ》いた。

隆一郎は、刀を振り廻しながら二人の家来の間を駆け抜けた。

「隆一郎……」

泰之助は、駆け去る隆一郎を呆然《ぼうぜん》と見送った。

よし……。

半次は、田畑の中を佐々木隆一郎を追った。

泰之助たちは見送り、斬られて倒れている家来を介抱《かいほう》し始めた。

佐々木隆一郎は、団子坂から谷中に足早に向かった。

半次は尾行《つけ》た。

やがて、行く手に谷中天王寺《てんのうじ》の伽藍《がらん》が見えてきた。

谷中いろは茶屋は、昼間から客で賑《にぎ》わっていた。

佐々木隆一郎は、連《つら》なる女郎屋の籬《まがき》に並ぶ女郎を品定《しなさだ》めしている客の間を進んだ。

半次は尾行た。

佐々木隆一郎は、客の間を進みながら籬を窺っていた。

籬に並ぶ女郎の中に誰かを捜している……。

半次は睨んだ。

だが、捜す相手はいないのか、佐々木隆一郎は女郎屋の前を通り過ぎ、天王寺の山門を潜《くぐ》って境内《けいだい》に入った。

天王寺の境内は、参拝客《さんぱいきゃく》で賑わっていた。

佐々木隆一郎は、広い境内の隅の切《き》り株《かぶ》に腰掛け、疲れ果てたように溜息《ためいき》を吐《つ》いた。

半次は見守った。

陽は西に傾き始めた。

不忍池に西日が輝いた。

音次郎は、水野家隠居屋敷を見張り続けていた。

若い家来たち三人が、傷付いた仲間を助けながら隠居屋敷に帰って来た。

音次郎は見送った。

何かあった……。

音次郎は、尾行て行った半次が戻って来るのを待った。

だが、半次は戻って来なかった。

音次郎は戸惑った。

「おう。どうだ、変わりはないか……」

半兵衛が戻って来た。

「こりゃあ旦那……」

音次郎は迎えた。

「半次はどうした……」

「そいつが旦那、親分は……」

音次郎は、半次が若い侍たち四人を追って行ったまま戻らない事を告げた。

「ほう。追った相手は戻ったが、半次は戻らないか……」

半兵衛は眉をひそめた。

「はい……」

音次郎は、心配げに頷いた。

「ま、心配はあるまい」

半兵衛は、音次郎と一緒に見張りに就《つ》いた。

水野家隠居屋敷は静寂《せいじゃく》に覆《おお》われていた。

半兵衛は、隠居屋敷を眺めた。

お菊は、自らの意思で水野石翁の妾になり、隠居屋敷から失踪した。

何故だ……。

半兵衛は、想いを巡《めぐ》らせた。

失踪の理由……。

それは、一緒に逃げた若い家来の佐々木隆一郎が知っているのかもしれない。

半兵衛は、水野家隠居屋敷の見張りを音次郎に任せ、北町奉行所に向かった。


「今、戻ったよ……」

半兵衛は、北町奉行所同心詰所に入って当番同心に顔を見せた。

「あっ。半兵衛さん、谷中新茶屋町《やなかしんちゃやまち》の木戸番《きどばん》が岡《おか》っ引《ぴき》の半次に頼まれたと、結び文を届けに来ましたよ」

当番同心は、半兵衛に結び文を差し出した。

「おう……」

半兵衛は、結び文を受け取り、素早く開いて読んだ。

結び文には、お菊と一緒に逃げた若い家来の佐々木隆一郎が水野家の家来たちに見付かったが、辛《かろ》うじて逃げて天王寺の境内に潜んでいると、書き記されていた。

谷中天王寺……。

「ちょいと出て来る……」

半兵衛は、厳《きび》しい面持ちで同心詰所を出た。

谷中いろは茶屋の賑わいは、夜空に響き渡っていた。

半兵衛は、いろは茶屋の賑わいを抜けて天王寺に急いだ。

天王寺は、既に山門を閉じていた。

半兵衛は、閉められた天王寺の山門を一瞥《いちべつ》して新茶屋町の木戸番に向かった。

「やあ。北町奉行所の白縫だが、岡っ引の半次、何処にいるか知っているかな」

半兵衛は、木戸番に尋ねた。

「あっ。白縫半兵衛さまですか……」

木戸番は、半次に言付《ことづ》けを頼まれ、半兵衛が来るのを待っていた。

半兵衛は、巻羽織《まきばおり》を木戸番に預《あず》け、天王寺の近くの古寺の裏門に進んだ。

裏門には二人の博奕打ちの三下《さんした》がおり、裏庭にある家作《かさく》に人が出入りしていた。

賭場《とば》か……。

半兵衛は眉をひそめた。

「旦那……」

暗がりから半次が現れた。

「おう。佐々木隆一郎、此の賭場にいるのか……」

半兵衛は、家作を眺めた。

「はい。水野家の追手から逃げたのは良いのですが、行き場所がなかったようで、此処の賭場に潜り込んだって処ですか……」

半兵衛は苦笑した。

「そうか。して、佐々木隆一郎、追手に見付かった時、お菊はどうしたんだ」

「そいつが、お菊は佐々木隆一郎を残して立ち去ったようでしてね」

「ならば、お菊はいなく、佐々木隆一郎一人だったのか……」

半兵衛は眉をひそめた。

「はい……」

半次は頷いた。

「そうか……」

半兵衛は、半次に金貸し徳右衛門に聞いた事を教えた。

「じゃあ、お菊がどうして姿を消したのか、佐々木隆一郎が知っているかもしれませんね」

半次は読んだ。

「ああ……」

半兵衛は頷き、賭場の開かれている寺の家作を眺めた。

賭場は、盆茣蓙《ぼんござ》を囲む客たちの熱気と煙草《たばこ》の煙に満ちていた。

半兵衛と半次は、客を装《よそお》って賭場に入った。

盆茣蓙を囲む客のいる部屋の隣室には、酒が仕度されており、博奕に疲れた男が酒を飲んで一息ついていた。

大柄な若い侍が、落ち着かない様子で辺りを窺いながら酒を啜っていた。

「旦那……」

半次は、大柄な若い侍を示した。

「佐々木隆一郎か……」

半兵衛は、大柄な若い侍、佐々木隆一郎を窺った。

佐々木隆一郎は、微かな怯《おび》えを滲《にじ》ませていた。

「ええ。どうします……」

半次は、半兵衛の出方を尋ねた。

お菊は何故、隠居屋敷から佐々木隆一郎と姿を消したのか……。

そして、お菊は今、何処に潜んでいるのか……。

「よし。佐々木隆一郎を外に連れ出そう」

半兵衛は決め、怯えた面持ちで酒を飲んでいる佐々木隆一郎を見詰めた。

僅かな刻が過ぎた。

佐々木隆一郎は、酒の入った湯飲茶碗を置いて座を立った。

半兵衛と半次は動いた。

佐々木隆一郎は、厠から出て来た。

半兵衛と半次は、左右から素早く身を寄せた。

「な、何だ……」

佐々木は狼狽《うろた》え、刀の柄《つか》を握った。

「北町奉行所だ。騒ぐな……」

半兵衛は、佐々木の刀の柄を握る手を押さえ、懐《ふところ》の十手《じって》を見せて囁《ささや》いた。

「北町奉行所……」

佐々木は、嗄《しやが》れ声を引き攣らせた。

「ああ。大人しく一緒に来て貰おう」

半兵衛は囁いた。

「はい……」

佐々木は、小刻みに震えながら頷いた。

半兵衛と半次は、佐々木隆一郎を連れて古寺の賭場を出た。そして、谷中新茶屋町の自身番に向かった。

佐々木は、怯えと緊張に震えていた。

半兵衛は、自身番の奥の板の間に佐々木を引《ひ》き据《す》えた。

「さあて、お前さん、元旗本水野家家臣の佐々木隆一郎だね」

半兵衛は笑い掛けた。

「元……」

佐々木は、戸惑いを浮かべた。

「ああ。主《あるじ》の若い妾と逐電《ちくでん》し、追手を掛けられているとなると、既に水野家からは追放。浪人の身……」

「は、はい……」

佐々木は項垂《うなだ》れた。

「して、一緒に逃げたお菊はどうしたのかな……」

半兵衛は、佐々木を見据《みす》えた。

「はい。お菊さまは、昨日、根津権現の境内の茶店で厠に行った切り……」

佐々木は、困惑を滲ませた。

「姿を消したか……」

半兵衛は苦笑した。

「はい。それで、千駄木の空き家の百姓家に隠れていた処……」

「水野家の家来たちに襲われましたか……」

半次は訊いた。

「えっ。ええ……」

佐々木は、戸惑いながら頷いた。

「して、お菊は何故、水野家隠居屋敷から逃げたのかな」

「そ、それは……」

佐々木は、言葉に詰まった。

「ひょっとしたら、お前が無理矢理に……」

半兵衛は、鎌《かま》を掛けた。

「ち、違います。そりゃあ、私はお菊さまを気の毒に思っていましたが……」

佐々木は、哀し気に顔を歪《ゆが》めた。

「気の毒に思っていた……」

佐々木は、お菊に岡惚《おかぼ》れしていたのかもしれない。

半兵衛は読んだ。

「ええ。傲慢《ごうまん》な御隠居さまの妾にされた籠《かご》の鳥。だから、私はお菊さまの望み通り、隠居屋敷から逃げる手伝いをしたのです」

佐々木は、微かな興奮を過《よ》ぎらせた。

「お菊の望み通り……」

半兵衛は訊き返した。

「ええ。隠居屋敷から逃げ出したい。だから、手引《てび》きしてくれと……」

「そいつが、お菊の望みか……」

「はい……」

「して、お菊は何故、隠居屋敷から逃げ出したいと……」

半兵衛は尋ねた。

「そ、それは……」

佐々木は項垂れた。

「お菊が逃げた理由だ」

半兵衛は、厳しく問《と》い質《ただ》した。

「は、はい。お菊さまのお父上さまは、酒に酔い、誤って神田川に落ちて亡くなられたのではなく、背後から殴られて突き落とされたのだと分かり……」

「何……」

半兵衛は戸惑った。

「誤って落ちたのじゃあなく、殴られて突き落とされただと……」

半次は、訊き返した。

「ええ……」

佐々木は頷いた。

「その話、お菊は誰から聞いたのだ……」

半兵衛は訊いた。

「隠居屋敷にお出入りを許された髪結のおしまから……」

「髪結のおしま……」

「はい。お菊さまの古くからの知り合いでして、十日毎にお菊さまの髪を結いに来るのですが、そのおしまさんから聞いたそうです」

「父親は誤っての溺死《できし》ではなく、殴られて突き落とされての溺死……」

半兵衛は眉をひそめた。

「はい。それでお菊さまは、御隠居さまに十日程の暇《ひま》をくれと頼んだのですが……」

佐々木は、悔《くや》し気に顔を歪めた。

「十日程の暇……」

「はい。お菊さまは御自分で調べようと……」

「だが、隠居の石翁さまは許してくれなかったか……」

「はい……」

「それで、隠居屋敷から逃げ出すと決め、お前に連れて逃げてくれと、頼んだのか……」

「はい……」

佐々木は頷いた。

「そうか。良く分かった。して、髪結のおしまの家は何処か、知っているか……」

半兵衛は尋ねた。

「確か三河町《みかわちょう》だと聞いておりますが……」

「三河町の髪結のおしまか……」

「はい……」

「よし。佐々木隆一郎、隠居屋敷の朋輩や本邸の家来たちに捕まれば、隠居の石翁に手討ちにされるのは必定《ひつじょう》。此処は安全な処に身を潜めるのだな」

「は、はい。出来るものならば、そうしたいのですが……」

佐々木は、半兵衛に縋《すが》る眼を向けた。

「うむ。ならば、一緒に来るが良い……」

半兵衛は笑った。

板の間の行燈《あんどん》の油が切れ掛け、灯《とも》されている火が瞬《またた》き始めた。


その夜、半兵衛は佐々木隆一郎を大番屋《おおばんや》の仮牢《かりろう》に入れた。

佐々木は、半兵衛の差し入れた握り飯を食べ、直ぐに鼾《いびき》を掻《か》き始めた。

半兵衛は苦笑した。


外濠鎌倉河岸《そとぼりかまくらがし》には荷船が着き、荷揚《にあ》げ荷下《にお》ろしで賑わっていた。

半兵衛は、半次と共に鎌倉河岸前の三河町の自身番を訪れた。

「髪結のおしまさんですか……」

三河町の自身番の店番は、微かな戸惑いを過ぎらせた。

「ええ。知りませんかね……」

半次は尋ねた。

「髪結床《かみゆいどこ》のおしまさんならいますよ」

店番は知っていた。

「店持ちですか……」

「ええ。一丁目と二丁目の間の通りに髪結床がありましてね。弟の伝七《でんしち》と営《いとな》んでいますね」

店番は告げた。

「弟の伝七ですか……」

「ええ。結構繁盛《はんじよう》しておりますが、何か……」

「うん。ちょいと訊きたい事があってね。おしまってのは、どんな人なんだい……」

半兵衛は尋ねた。

「おしまさんは親切な働き者ですよ……」

「って事は、弟の伝七は余り働き者じゃあないのか……」

半兵衛は読んだ。

「ええ。まあ。働き者のおしまさんに店を任せ、遊び廻っているような人でしてね。今じゃあ、髪結の弟って奴ですよ」

店番は苦笑した。

「旦那……」

「うむ……」

半兵衛は、厳しい面持ちで頷いた。

三

髪結には、店を構えた『内床《うちどこ》』と露店で髪を結う『出床《でどこ》』、そして出張する『廻り髪結』がある。

おしまと伝七の髪結床は、店を構えた内床であり、年増《としま》と二人の職人が框《かまち》に腰掛けた客の月代《さかやき》を剃《そ》り、髷を結っていた。そして、隣の待合《まちあい》では順番を待つ客が将棋《しょうぎ》を指し、数人が取り巻いて見物をしていた。

「あの年増ですね。おしまは……」

半次は、腰高障子《こしだかしょうじ》を開け放して商売をしている髪結床を眺めた。

「うん……」

半兵衛と半次は、髪結床の客が一段落するのを待つ事にした。

四半刻（三十分）が過ぎ、髪結床の客は途切れた。

半兵衛と半次は、髪結の年増に声を掛けた。

髪結の年増は、微かな緊張を滲ませた。

「お前さん、髪結のおしまさんだね」

半次は尋ねた。

「は、はい……」

髪結の年増は、緊張した面持ちで頷いた。

「やあ。ちょいと訊きたい事があってね」

半兵衛は笑い掛けた。

鎌倉河岸は荷揚げ荷下ろしも終わり、河岸に打ち付ける波の音が小さく響いていた。

「お菊ちゃんの事ですか……」

髪結のおしまは、硬い面持ちで頷いた。

「うむ。おしまだね、お菊に父上は酒に酔い、誤って神田川に落ちたのではなく、誰かに殴られて神田川に突き落とされたんだと教えたのは……」

半兵衛は、笑い掛けた。

「は、はい。先日、お菊ちゃんの髪を結いに行って……」

おしまは頷いた。

「その話の出処《でどころ》は何処かな……」

「弟の伝七です……」

「弟の伝七……」

「はい。弟の伝七が聞いて来た話です」

「ならば、弟の伝七は何処だ……」

半兵衛は訊いた。

「それが、一昨日、お菊ちゃんが来て……」

「お菊が……」

「はい。それで一緒に出て行った切りなんです」

おしまは、不安を過ぎらせた。

「一昨日、お菊が来たのか……」

「はい……」

「一昨日、根津権現で姿を消して、此処に来たんですかね」

半次は読んだ。

「きっとな。して、伝七と出て行ったか……」

「はい。店の奥で四半刻程、何かを話して……」

おしまは眉をひそめた。

「おしまと伝七、何処に行ったのかは……」

半兵衛は、おしまを見詰めた。

「分かりません……」

「そうか。して、おしま。誰が何故、お菊の父親の御家人加山重蔵を殴り、神田川に突き落としたと云うのだ……」

「さあ、そこ迄《まで》は……」

おしまは、戸惑いを浮かべた。

「聞いちゃあいないか……」

「はい。申し訳ございません」

「いや。詫びる事はない……」

半兵衛は苦笑した。

「じゃあ、おしまさん。弟の伝七さん、近頃、どんな奴と付き合っているんですか……」

　半次は訊いた。

「付き合っている人ですか……」

「ええ……」

「それが近頃、遊び人が来るようになって……」

「遊び人、誰ですか……」

「喜助《きすけ》って人です」

「喜助……」

「はい。神田明神《かんだみようじん》の境内に良くいるそうですよ」

「旦那……」

　半次は、半兵衛の指図《さしず》を待った。

「喜助か。よし、先《ま》ずは神田明神に行ってみるか……」

「ええ……」

　半次は頷いた。

　神田明神は参拝客で賑わっていた。

半兵衛と半次は、境内の茶店の縁台《えんだい》に腰掛けて茶を頼んだ。

境内には、派手な半纏《はんてん》を着た遊び人らしい男が何人かいた。

「いますかね、遊び人の喜助……」

半次は、行き交う人々を見廻した。

「さあて、いると良いが……」

半兵衛は境内を眺めた。

「お待たせしました……」

茶店の老亭主が、半兵衛と半次に茶を持って来た。

「うん……」

半兵衛と半次は、茶を啜った。

「処《ところ》で父っつあん、喜助って遊び人を知っているかな……」

半次は、茶店の老亭主に尋ねた。

「遊び人の喜助……」

老亭主は、白髪眉をひそめた。

「うん。神田明神に良く来ているって聞いたんだけど……」

「ああ。良くうろうろしているけど……」

老亭主は、喜助を知っており、境内にいる人々を見廻した。

半次は、喉《のど》を鳴らして老亭主の次の言葉を待った。

「いないな……」

老亭主は告げた。

「いないか……」

半次は、肩を落とした。

「ああ……」

「亭主、喜助って遊び人、どんな奴かな」

半兵衛は尋ねた。

「ありゃあ、遊び人と云うより半端《はんぱ》な博奕打ちでね。食詰《くいつ》め浪人と連《つる》んでいろいろ悪さをしているって噂ですよ」

老亭主は、声を潜めた。

「そんな奴か……」

半兵衛は苦笑した。

「ええ。いつだったか、喜助。食詰め浪人たちと博奕に勝って儲《もう》けた大店《おおだな》の旦那を襲い、儲けた金を奪おうとしたけど、邪魔が入って失敗したって笑っていましたよ」

老亭主は告げた。

「辻強盗《つじごうとう》を企《くわだ》てたのか……」

「ええ。辻強盗に奪われても、博奕で儲けた金だから役人に訴《うった》え出ないだろうって。悪知恵の働く小悪党ですよ」

老亭主は蔑《さげす》んだ。

「だが、邪魔が入って失敗したか……」

半兵衛は眉をひそめた。

「ええ。好《い》い様《ざま》ですよ」

「父っつあん、喜助の家、何処か知っているかな」

半次は尋ねた。

「さあ、そこ迄は……」

老亭主は首を捻った。

「そうですか、知りませんか……」

「ああ。あっ……」

老亭主は、足早に境内を出て行く浪人を見て小さな声をあげた。

「どうした……」

「あの浪人、喜助と連んでいる食詰めの一人ですぜ」

老亭主は、境内を出て行く浪人を示した。

「それはそれは……」

半兵衛は苦笑した。

「旦那……」

「うん……」

半兵衛は頷いた。

半次は、境内を出て行く浪人を追った。

「亭主。造作を掛けたね。茶代だ」

半兵衛は、縁台に茶代を置いて半次に続いた。

食詰め浪人は、神田明神を出て明神下の通りに進んだ。

半次は尾行《つけ》た。

半兵衛は続いた。

食詰め浪人は、明神下の通りを不忍池に向かった。

半次は追い、半兵衛が続いた。

食詰め浪人は、明神下の通りから湯島天神裏門坂道《ゆしまてんじんうらもんさかみち》に曲がった。

半次は追った。

湯島天神裏門坂道は、湯島天神裏の男坂《おとこざか》と女坂《おんなざか》、そして切通《きりどお》しに続いている。

食詰め浪人は、男坂の傍の裏町に入った。

半次は、慎重に続いた。


裏町の路地には、空き家や潰《つぶ》れた飲み屋などが並んでいた。

食詰め浪人は路地を足早に進み、奥にある潰れた飲み屋に入った。

半次は見届けた。

「あそこに入ったのか……」

半兵衛が追って来た。

「はい……」

半次は頷いた。

刹那《せつな》、潰れた飲み屋から男の驚きの声が上がった。

「半次……」

半兵衛は、半次を促して潰れた飲み屋に踏み込んだ。

潰れた飲み屋の中は荒されており、半兵衛と半次は奥の板の間に進んだ。

奥の板の間では、食詰め浪人が呆然と何かを見詰め、立ち尽くしていた。

半兵衛と半次は、食詰め浪人の視線の先を辿《たど》った。

破れた煎餅蒲団《せんべいぶとん》の中で、痩《や》せた浪人が抜き身を握り、腹から血を流して死んでいた。

半次は、素早く駆け寄り、痩せた浪人の死体を検《あらた》め始めた。

食詰め浪人は我に返り、慌てて潰れた飲み屋から出ようとした。

「そうはいかぬ……」

半兵衛は、食詰め浪人を押さえた。

「腹を刺されて死んでいますぜ……」

半次は告げた。

「お前が殺《や》ったのか……」

半兵衛は、食詰め浪人を厳しく見据えた。

「ち、違う。俺は今来たばかりだ。本当だ」

食詰め浪人は狼狽えた。

「お前、名は……」

半兵衛は問い質した。

「岩、岩倉半蔵《いわくらはんぞう》……」

「岩倉半蔵か。此の仏は……」

「富田《とみた》純之助《じゅんのすけ》……」

岩倉は、仏を見ながら声を震わせた。

「富田純之助。岩倉、お前とはどんな拘《かか》わりなんだ」

「どんな拘わりって……」

岩倉は、言葉に詰まった。

「食詰め浪人同士、連んでいたか……」

「あ、ああ……」

岩倉は頷いた。

「して、富田純之助、誰にどうして殺されたのかな」

半兵衛は、岩倉を見据えた。

「知らない。そんな事は知らねえ……」

岩倉は、嗄れ声を引き攣らせた。

「岩倉、お前が富田や遊び人の喜助と連んで強請集《ゆすりたか》りに辻強盗を働いているのは分かっているんだ」

半兵衛は、静かに告げた。

岩倉は、言葉を失った。

「お前は富田や喜助と連んで悪事を働き、何者かの恨《うら》みを買っている。で、富田純之助は殺されたか……」

半兵衛は読んだ。

「お、お役人。俺は知らん。俺は何も知らん……」

岩倉は、声を震わせて板の間から出た。

「おい。待て……」

半次は呼び止めた。

「半次……」

半兵衛は制した。

岩倉半蔵は、潰れた飲み屋から出て行った。

「泳がせますか……」

半次は、半兵衛の腹の内を読んだ。

「ああ。私は仏をちょいと調べてから自身番に報《しら》せるよ」

「はい。じゃあ……」

半次は、岩倉半蔵を追って素早く潰れた飲み屋から出て行った。

「食詰め浪人の富田純之助か……」

半兵衛は、殺された富田純之助の死体を検め始めた。

腹は一突きにされ、流れた血は既に半分程乾《かわ》いていた。

刺し傷に躊躇《ためら》いは窺えず、それなりの剣の遣《つか》い手《て》か殺しに手慣れた者の仕業《しわざ》……。

半兵衛は読み、辺りを見廻した。

空《から》の貧乏徳利《びんぼうどつくり》と欠け茶碗が転がっていた。

裏町の路地を出た岩倉半蔵は、男坂を駆け上がって湯島天神の東の鳥居《とりい》を潜った。

半次は追った。

岩倉半蔵は、東の鳥居を潜って湯島天神の境内に入った。
境内は、参拝客で賑わっていた。
岩倉は境内を見廻し、茶店を覗《のぞ》きながら進んだ。
誰かを捜している……。
半次は尾行た。
岩倉は、境内や茶店に捜す相手がいないと見定め、南の大鳥居から湯島天神を出た。
湯島天神大鳥居を出ると門前町であり、盛《さか》り場《ば》がある。
盛り場に連なる飲み屋は、夜の商売に向けての仕度を始めていた。
岩倉は、飲み屋の連なりを足早に進んだ。
半次は追った。
岩倉は、奥にある小さな飲み屋に入った。
半次は見届け、小さな飲み屋を窺った。
小さな飲み屋は、腰高障子を閉めて店の掃除《そうじ》や仕込みをしている様子は窺えなかった。

此の飲み屋に誰がいるのか……。

半次は、辺りを窺った。

「じゃあ、毎度……」

酒を届けた酒屋の手代《てだい》が、斜向《はすむ》かいの小料理屋から出て来た。

「おう。ちょいと待ってくれ……」

半次は呼び止め、懐の十手を見せた。

「はい。何か……」

手代は、怪訝《けげん》な面持ちで半次を見た。

「此の飲み屋、誰がやっているのかな」

半次は、岩倉の入った飲み屋を示した。

「は、はい。おつやって大年増の女将《おかみ》さんが一人で……」

手代は、小さな飲み屋を眺めた。

「大年増のおつやって女将さんか……」

「はい……」

「他には誰もいないんだな……」

「いえ。女将さんの情夫《おとこ》が……」

手代は苦笑した。

「女将さんの情夫……」

半次は眉をひそめた。

「ええ。若い遊び人ですよ」

「若い遊び人……」

「ええ……」

「若い遊び人、ひょっとしたら喜助って名前じゃあないのかな……」

半次は訊いた。

「ええ。そうです。喜助って奴ですよ」

手代は頷いた。

「やっぱり……」

食詰め浪人の岩倉半蔵は、遊び人の喜助の塒《ねぐら》に来たのだ。

喜助はいるのか……。

半次は、食詰め浪人の岩倉半蔵の入ったおつやの飲み屋を見張る事にした。

不忍池は夕陽に煌めいた。

半兵衛は、食詰め浪人の富田純之助の死体を自身番に預け、不忍池の畔の水野家隠居屋敷にやって来た。

水野家隠居屋敷は、音次郎が見張り続けていた。

「おう。御苦労さん……」

半兵衛が、音次郎の許にやって来た。

「旦那……」

「どうだ……」

「相変わらず家来たちが忙《いそが》しく出入りしていますが、さっき下男《げなん》の父っつあんにそれとなく聞いた処、お菊さんが戻らず、流石《さすが》の御隠居も寝込んでしまったそうですぜ」

「ほう。寝込んだか……」

半兵衛は苦笑した。

「はい。で、旦那や親分の方はどうですか……」

「うん。いろいろあってね……」

半兵衛は、水野屋敷の見張りを音次郎に任せてからの出来事を教えた。

「へえ。じゃあお菊さん、幼馴染《おさなな じ》みの髪結おしまの弟の伝七と出掛けたままなんですか……」

音次郎は眉をひそめた。

「ああ、そこでだ音次郎。水野家隠居屋敷の見張りを解き、お菊と伝七の行方を追ってくれ」

半兵衛は命じた。

「合点です」

音次郎は、張り切って頷いた。

湯島天神門前町の盛り場には、夜になる前に暖簾《のれん》を掲《かか》げる飲み屋もあった。

半次は、飲み屋の連なりの奥にある遊び人の喜助の情婦《おんな》のおつやの店を見張っていた。

食詰め浪人の岩倉半蔵は、おつやの店に入ったまま出て来る事はなかった。

遊び人の喜助が留守《るす》で帰るのを待っているのか、それとも何か相談しているのか……。

半次は読んだ。

半纏を着た若い男が、飲み屋の連なりをやって来た。

誰だ、喜助か……。
半次は見守った。
半纏を着た若い男は、立ち止まっておつやの店を窺った。
喜助じゃない……。
半次は気が付いた。
じゃあ、誰だ……。
半次は、想いを巡らせた。
刹那、おつやの店の腰高障子が開いた。
半纏を着た若い男は、素早く路地に隠れた。
半次は見守った。
大年増の女将が店から顔を出し、表を見廻して引っ込んだ。
大年増の女将のおつやだ……。
半次は見定めた。
食詰め浪人の岩倉半蔵と派手な半纏を着た男が、腰高障子の開いた戸口から出て来た。
派手な半纏を着た男は遊び人の喜助……。

半次は、岩倉半蔵と一緒にいる処からそう睨んだ。

岩倉と喜助は、辺りに変わった様子はないと見定め、盛り場の出入口に向かった。

おつやは見送り、腰高障子を閉めた。

半纏を着た若い男が、路地から出て来て岩倉と喜助を追った。

よし……。

半次は、喜助と岩倉を追う半纏を着た若い男に続いた。

夕暮れ時の盛り場には、酔っ払いの笑い声が響いた。

四

夕暮れ時。

遊び人の喜助と食詰め浪人の岩倉半蔵は、湯島天神門前町の盛り場を出て中坂《なかさか》を下り、明神下の通りに向かった。

半纏を着た若い男は追った。

半次は続いた。

喜助と岩倉半蔵は、明神下の通りを横切り、下野《しもつけ》国黒羽《くろばね》藩江戸上屋敷と伊勢《いせ》国亀山《かめやま》藩江戸上屋敷の間の道に進んだ。

半纏を着た若い男は追った。

半次は、続いて明神下の通りを横切ろうとした。

「親分……」

音次郎が駆け寄って来た。

「おお、音次郎……」

「あの、半纏を着た若い野郎を追っているんですかい……」

音次郎は、先を行く半纏を着た若い男を示した。

「ああ。野郎とその先を行く喜助って遊び人と食詰め浪人の岩倉半蔵だ」

半次は告げた。

「遊び人の喜助と食詰め浪人の岩倉半蔵……」

音次郎は眉をひそめた。

「ああ。音次郎、半纏を着た若い野郎に気が付かれずに、喜助と岩倉を尾行て行き先を突き止めろ」

半次は命じた。

「合点です」

音次郎は、楽し気な笑みを浮かべて傍らの路地に駆け込んだ。

半次は、半纏を着た若い男を追った。半纏を着た若い男は、下野国壬生《みぶ》藩江戸上屋敷の横の通りを抜け、尚《なお》も真っ直ぐに進んだ。

それは、喜助と岩倉半蔵も同じ道を進んでいると云う事だ。

此のまま進むと、下谷御徒町《おかちまち》の組屋敷街に出る。

行き先は御徒町か……。

半次は読み、微かな戸惑いを覚えた。

喜助と岩倉半蔵は、下谷練塀小路に出て一軒の組屋敷の前で立ち止まり、廻された板塀の木戸門を押して中に入った。

音次郎は見届けた。

そして、尾行て来た半纏を着た若い男も見届け、下谷練塀小路を神田川に向かった。

「音次郎……」

半次がやって来た。

「喜助と岩倉半蔵、此の組屋敷に……」

音次郎は、喜助と岩倉半蔵の入った組屋敷を示した。

「よし。音次郎、野郎を追え……」

半次は、神田川に向かう半纏を着た若い男を見送りながら命じた。

「合点です」

音次郎は、半纏を着た若い男を追った。

半次は見送り、喜助と岩倉半蔵の入った組屋敷を眺めた。


神田川の流れに月影は揺れた。

半纏を着た若い男は、神田川沿いの道に出て両国広小路《りょうごくひろこうじ》に進んだ。

音次郎は、夜の暗がり伝《づた》いに尾行た。

半纏を着た若い男は、神田川に架かっている和泉橋を渡り、柳原の通りを横切って松枝町《まつえだちょう》に進んだ。

音次郎は尾行た。

半纏を着た若い男は、松枝町を進んで玉池稲荷《たまいけいなり》傍の古い店に入った。

音次郎は、暗がりから現れた。

古い店の腰高障子には、『商人宿だるま屋』と書かれていた。

「商人宿だるま屋か……」

音次郎は見届けた。

半纏を着た若い男は、だるま屋の者なのか、それとも泊まり客なのか……。

音次郎は、半纏を着た若い男の素性《すじょう》を洗う手立てを思案した。

下谷練塀小路の組屋敷の主は、百石取りの御家人田村慎吾《たむらしんご》だった。

喜助と岩倉半蔵は、田村慎吾の組屋敷に入ったまま出て来る事はなかった。

田村慎吾はどのような者なのか……。

半次は、田村屋敷の周囲を窺った。

斜向かいの組屋敷の前庭に家作があり、『本道医《ほんどうい》、酒井仁斎《さかいじんさい》』との看板が掲げられていた。

小旗本や御家人の中には、敷地内に貸家《かしや》を作って貸し、少ない家禄《かろく》の足《た》しにする者もいた。

『本道医、酒井仁斎』の家は、そうした貸家だった。

「よし……」

半次は、『本道医、酒井仁斎』の家に向かった。

「で、何処が悪いのかな……」

町医者酒井仁斎は、酒臭い息を吐きながら半次の待つ診察部屋に入って来た。

「いえ。ちょいと、斜向かいの田村さまの事で訊きたい事がありましてね……」

半次は、懐の十手を見せ、紙に包んだ一朱銀を差し出した。

「此《これ》は此《これ》は、何でもお訊き下され。知っている事ならば何でも答えるぞ」

町医者酒井仁斎は、差し出された一朱の紙包みを嬉《うれ》し気《げ》に握《にぎ》り締《し》めて笑った。

どうやら、町医者の稼ぎだけでは食えていないか……。

半次は読んだ。

「他でもありません。斜向かいの田村慎吾さまはどのような……」

「ああ。斜向かいの田村さんか……」

「はい……」

「田村さんの御両親は既に他界し、倅《せがれ》の慎吾さんが老下男の市助《いちすけ》さんと二人暮らし……」

「二人暮らし。で、慎吾さまの人柄は……」

「御両親が亡くなった後は、糸の切れた凧《たこ》でしてな。悪い仲間と連んで遊び歩いているそうだ……」

酒井仁斎は眉をひそめた。

「へえ、そんな人なんですか……」

御家人田村慎吾は、喜助や岩倉半蔵と連んでいる仲間なのかもしれない……。

半次は知った。


古い商人宿『だるま屋』は、雨戸を閉め始めた。

半纏を着た若い男が現れ、雨戸を閉めるなどの戸締《とじ》まりをする事はなかった。

商人宿『だるま屋』の者ではない……。

だったら客なのか……。

音次郎は、雨戸を閉めた商人宿『だるま屋』を見詰めた。

夜廻《よまわ》りの木戸番の打ち鳴らす拍子木《ひょうしぎ》の音が、夜空に甲高《かんだか》く響き渡った。


燭台《しょくだい》の火は、半兵衛の横顔を仄《ほの》かに照らした。

半兵衛は、お菊の父親の御家人加山重蔵が誤って神田川に転落して溺れ死んだ一件を洗い直した。

もし、髪結おしまの弟の伝七が云った通り、何者かに殴られて気を失い、神田川に突き落とされて溺れ死んだのなら立派な殺しだ。

そして、殺《や》ったのは、遊び人の喜助、食詰め浪人の岩倉半蔵と富田純之助の三人なのかもしれない。

殺った理由は何だ……。

半兵衛は読んだ。

喜助は、食詰め浪人と博奕で儲けたお店の旦那を襲う辻強盗を働いたが、何者かに邪魔をされて失敗した。

その邪魔をしたのが、お菊の父親の加山重蔵だったとしたら……。

辻強盗を邪魔された恨み。

事実を知ったお菊は、殺された父親の加山重蔵の無念を晴らそうと、食詰め浪人の富田純之助を殺し、残る岩倉半蔵と喜助の命も狙っている。

半兵衛は睨んだ。

「白縫さま……」

小者《こもの》が、同心詰所にやって来た。

「何だい……」

「神田松枝町の木戸番が音次郎さんの報せを持って来ています」

小者は報せた。

「よし……」

半兵衛は、刀を手にして立ち上がった。

燭台の火は瞬き始めた。


商人宿『だるま屋』は、夜の静けさに包まれていた。

音次郎は、見張り続けていた。

「音次郎……」

半兵衛がやって来た。

「旦那……」

音次郎は、微かな安堵《あんど》を浮かべて半兵衛を迎えた。

「此の商人宿か……」

半兵衛は、商人宿『だるま屋』を眺めた。

「はい。喜助と岩倉半蔵を尾行ていた半纏を着た若い男、此の宿に入ったままです」

「その半纏を着た若い男は、おそらく髪結おしまの弟の伝七だろう」

「伝七。じゃあ……」

音次郎は、商人宿『だるま屋』を見据えた。

「ああ。おそらくお菊も一緒だろう」

半兵衛は読んだ。

「お菊も……」

「うむ。して音次郎、半次はどうした」

「半次の親分は、喜助と岩倉半蔵を見張ってます」

「何処で……」

「下谷練塀小路にある組屋敷です」

「組屋敷……」

「ええ。伝七、喜助と岩倉が組屋敷に入るのを見届けて此処に来たんです」

音次郎は告げた。

「そうか。喜助と岩倉半蔵は、下谷練塀小路の組屋敷に逃げ込んだか……」

半兵衛は苦笑した。

「旦那……」

音次郎は、緊張した声で商人宿『だるま屋』を示した。

「うん……」

半兵衛は、商人宿『だるま屋』を見据えた。

商人宿『だるま屋』の雨戸の隙間《すきま》から明かりが洩れ、潜《くぐ》り戸《ど》が開いた。

半兵衛と音次郎は見守った。

半纏を着た若い男が現れ、続いて塗笠《ぬりがさ》を被《かぶ》った裁着袴《たつつけばかま》姿の侍が出て来た。

「伝七と侍です……」

音次郎が囁いた。

「いや。伝七とお菊だ……」

半兵衛は、塗笠を被った裁着袴姿の侍を見据えた。

「お菊……」

音次郎は眉をひそめた。

「ああ。お菊が裁着袴に塗笠で男の形《なり》をしているのだ……」

半兵衛は、松枝町の商人宿『だるま屋』から柳原通りに向かうお菊と伝七を追った。

音次郎は続いた。

伝七とお菊は、柳原通りを横切り、神田川に架かっている和泉橋に向かった。

「行き先、どうやら下谷練塀小路の組屋敷のようですね……」

音次郎は読んだ。

「うむ……」

半兵衛は頷いた。

お菊の足取りは落ち着いており、その身の熟《こな》しには剣の心得《こころえ》があった。

死んだ父親の加山重蔵に仕込まれているのか……。

そして、食詰め浪人の富田純之助を躊躇いなく一突きで殺した……。

半兵衛は読んだ。

「何しに行くんですかね……」

「さあて、どうするかな……」

半兵衛は苦笑した。

お菊と伝七は、和泉橋を渡って下谷練塀小路に進んだ。

半兵衛と音次郎は追った。

下谷練塀小路は、月明かりを浴びて蒼白《あおじろ》く輝いていた。

半次は、町医者酒井仁斎の家の軒下から斜向かいの田村屋敷を見張っていた。

遊び人の喜助と食詰め浪人の岩倉半蔵は、田村屋敷から出て来る事はなかった。

旗本御家人の組屋敷は、食詰め浪人仲間の富田純之助を殺した者と町奉行所の追手から隠れるのには好都合な処だ。

半次は、岩倉半蔵と喜助の狡猾《こうかつ》さを知った。

蒼白い下谷練塀小路に人影が浮かんだ。

誰か来た……。

半次は、眼を凝《こ》らした。

人影は二人だ。

一人は半纏を着た男、もう一人は笠を被った裁着袴姿の侍……。

半次は、やって来る二人の人影を読んだ。

眼の前の暗がりに男が一人現れた。

何だ……。

半次は、眼の前に現れた男を見た。

半兵衛の旦那……。

半次は、眼の前の暗がりに現れた一人の男が半兵衛だと気が付いた。

「旦那……」

半次は、小声で呼んだ。

「おう、半次、此処だったか……」

半兵衛は気が付き、半次のいる酒井仁斎の家の軒下に入って来た。

「どうしました……」

「お菊と伝七が来る」

半兵衛は、やって来る二人の人影を示した。

「お菊さんと伝七……」

半次は眉をひそめた。

「うむ。後から音次郎が追っている」

「音次郎が……」

「うむ。一緒に来い……」

「はい……」

半兵衛は、半次を伴って田村屋敷の木戸門を潜った。

「御免《ごめん》。田村慎吾どのはおいでか、田村どの……」

半兵衛は、田村屋敷の式台《しきだい》から奥に声を掛けた。

手燭《てしょく》を持った田村慎吾が、組屋敷の奥から式台に出て来た。

「田村慎吾どのか……」

半兵衛は問い質した。

「左様。夜更《よふ》けに何用だ……」

田村は、町奉行所同心の半兵衛を見て居丈高《いたけだか》に出た。

「私は北町奉行所同心白縫半兵衛。御家人殺しの浪人岩倉半蔵と遊び人の喜助が逃げ込んでいると聞き及び、急ぎ参上した」

半兵衛は、厳しく告げた。

「何……」

田村は狼狽えた。

「もし、逃げ込んでいるのなら早々に追い出されよ。さもなくば、如何に御家人と云えども、御家人殺しを匿《かくま》った罪は重い。只《ただ》では済みませんぞ……」

半兵衛は脅《おど》した。

「そ、そんな……」

田村は、激しく震えた。

「ならば、家探し致す。御免……」

半兵衛は、半次を従えて田村屋敷に踏み込んだ。

「ま、待ってくれ。白縫どの……」

田村は、慌てて半兵衛と半次に続いた。


喜助が、血相《けっそう》を変えて岩倉半蔵が酒を飲んでいる座敷に駆け込んで来た。

「岩倉の旦那、町方同心が踏み込んで来る」

岩倉半蔵は、刀を取って慌てて座敷から庭に駆け下りた。

喜助は続いた。


伝七とお菊は、田村屋敷の出来事に戸惑いながらも、板塀の木戸門から中の様子を窺っていた。

音次郎は、暗がりから見守った。

岩倉半蔵と喜助が庭先から現れ、小走りに木戸門に向かって来た。

「喜助と岩倉半蔵……」
伝七は囁いた。
お菊は、刀の鯉口を切った。
岩倉半蔵と喜助は、田村屋敷の木戸門を走り出た。
刹那、お菊が抜き打ちの一刀を放った。
閃光《せんこう》が走った。
喜助が太股《ふともも》を斬られ、前のめりに倒れて気を失った。
「おのれ……」
岩倉はお菊に気が付き、猛然《もうぜん》と斬り掛かった。
お菊は、素早く躱《かわ》して袈裟懸《けさが》けの一刀を閃《ひらめ》かせた。
岩倉は袈裟懸けの一刀を浴び、血を飛ばし仰向《あおむ》けに倒れた。
お菊は、倒れた岩倉を見下ろして大きく息を吐いた。
音次郎は、呼《よ》び子笛《こぶえ》を吹き鳴らした。
「お菊さん……」
伝七は、お菊に逃げるように促した。
「造作を掛けましたね、伝七さん。いろいろありがとう。後は一人で大丈夫です」

お菊は、笑顔で告げた。

「は、はい。じゃあ……」

伝七は駆け去った。

お菊は、頭を下げて見送った。

音次郎は、暗がり伝いに伝七を追った。

半兵衛と半次が、田村屋敷から駆け出して来た。

お菊が佇《たたず》み、岩倉半蔵と喜助が倒れていた。

半兵衛と半次は、佇んでいるお菊に気が付いた。

お菊は、半兵衛と半次に会釈《えしゃく》をした。

半兵衛と半次は、倒れている岩倉と喜助に駆け寄り、様子を見た。

岩倉半蔵は、袈裟懸けの一太刀を受けて絶命していた。

半蔵は見定めた。

「旦那、喜助はどうにか助かりそうです」

「そうか……」

「岩倉は、駄目ですか……」

「ああ。見事な袈裟懸けの一太刀だ。加山菊どの……」

半兵衛は、お菊に告げた。

「お蔭《かげ》さまで、父加山重蔵の無念を晴らす事が出来ました。忝《かたじけの》うございました……」

お菊は、晴れやかな笑みを浮かべて刀を半兵衛に差し出し、深々と頭を下げた。

「うむ……」

半兵衛は、笑みを浮かべて刀を受け取った。

遊び人の喜助は、医者の手当てを受けて何もかも自白した。

喜助は、食詰め浪人の岩倉半蔵や富田純之助と辻強盗を働こうとして、御家人の加山重蔵に邪魔をされた。そしてそれを恨み、酒に酔った加山を殴り倒して、神田川に突き落として殺した事を認めた。

「ならば、加山菊、父親の御家人加山重蔵の仇《かたき》を討ったのか……」

大久保忠左衛門は、筋張った細い首を伸ばした。

「はい。そう云う事になりますか……」

半兵衛は頷いた。

「それはそれは……」

忠左衛門は、細い首の筋を引き攣らせた。

「して、如何《いかが》致しますか……」

半兵衛は、忠左衛門の出方を窺った。

「半兵衛。如何致すも何も、岩倉半蔵、富田純之助殺しはお菊の仇討《あだう》ち。強《し》いてお菊の罪を問うなら、町奉行所に仇討ちの届けを出さずに騒ぎを起こした事ぐらいだ」

忠左衛門は、細い首を伸ばして筋を震わせた。

「ならば……」

半兵衛は促した。

「せいぜい江戸十里四方払《じゅうりしほうばら》いだ」

忠左衛門は、嗄れ声を震わせた。

「ならば、それで。忝うございます」

半兵衛は、忠左衛門に平伏《へいふく》して早々に退室した。

忠左衛門は、遊び人の喜助に死罪の沙汰《さた》を下した。

半兵衛は、伝七の事を表沙汰にしなかった。

水野家隠居の石翁は、事の次第を知ってお菊に漸《ようや》く暇を出した。

半兵衛は、大番屋の仮牢に入れて置いた水野家家臣の佐々木隆一郎を放免《ほうめん》した。

加山菊は、江戸十里四方払いに処せられて小田原《おだわら》にいる親類の許に行く事になった。

「白縫さま、いろいろ御造作をお掛け致しました」

お菊は、半兵衛に感謝の眼を向け、深々と頭を下げて旅立った。

「お菊さん、旦那が岩倉半蔵と喜助を田村屋敷から追い出したのに気が付いていましたね」

半次は読んだ。

「半次、世の中には私たち町奉行所の者が知らん顔をした方が良い事もある。私が追い出して助太刀《すけだち》をした事は知らん顔だ……」

半兵衛は苦笑した。
助太刀は終わった……。

第二話　金貸し

一

夕暮れ時。

北町奉行所臨時廻り同心白縫半兵衛は、岡っ引の本湊《ほんみなと》の半次と下っ引《したぴき》の音次郎と共に北町奉行所を出て日本橋《にほんばし》通りに向かった。

日本橋通りには、仕事仕舞《じま》いをして家路を急ぐ人々が行き交っていた。

「じゃあ旦那、あっしと音次郎は、酒と鶏肉、野菜なんかを買って行きます」

半次は、半兵衛に告げた。

「うん。じゃあ、私は先に帰って囲炉裏《いろり》の火を熾《おこ》しておくよ。此奴《こいつ》は酒と鶏肉代だ」

半兵衛は、半次に一分銀を渡した。

「はい、確かに。じゃあ、音次郎……」

半次は、一分銀を受け取り、音次郎と裏通りに進んで行った。

半兵衛は見送り、日本橋通りを横切って楓川《もみじがわ》に向かった。


楓川は、日本橋川と八丁堀《はっちょうぼり》を南北に結ぶ流れだ。

半兵衛は、楓川沿いの道に出て新場橋《しんばばし》に向かった。

楓川に架かっている新場橋を渡り、肥後《ひご》国熊本《くまもと》藩江戸下屋敷の横を東に進むと八丁堀北島町《きたじまちょう》の組屋敷街になる。その北島町に半兵衛の組屋敷はある。

半兵衛は、新場橋に近付いた。

手拭《てぬぐい》で頰被《ほっかむ》りをした若い人足が老爺《ろうや》を背負い、新場橋を渡って来て袂《たもと》で立ち止まった。

うん……。

半兵衛は、微《かす》かな戸惑いを覚えた。

「あっ、お役人……」

頰被りをした若い人足は、巻羽織《まきばおり》の半兵衛を町奉行所同心と見定めて声を掛けて来た。

「うん。どうした……」

半兵衛は、怪訝《けげん》な面持《おもも》ちで立ち止まった。

「此《こ》の年寄りが道に迷っていましてな。帰る家がどちらか分からないのです」

頬被りをした若い人足は困惑を浮かべた。

「ほう。迷い人か……」

半兵衛は、若い人足に背負われている裸足《はだし》の老爺を見た。

老爺は寝間着《ねまき》を着ており、小さな白髪髷《しらがまげ》で痩《や》せていた。そして、焦点の定まらない眼で周囲を眺《なが》めていた。

「年寄りの名は……」

「そいつが分からないのです」

若い人足は苦笑した。

「分からない……」

半兵衛は戸惑った。

「ええ。仁吉《にきち》とか仁兵衛《にへえ》とか。で、先程から指を差す方に行ってみるのですが、家も分からないのです」

若い人足は困惑した。

半兵衛は、若い人足の手拭の頬被りの下の髷が気になった。

「それはそれは、御苦労な。で、老人、名は何と云うのだ」

半兵衛は、老爺に尋ねた。

「知らぬ……」

老爺は、恐ろしそうに半兵衛から眼を逸《そ》らし、若い人足の背に固くしがみついた。

「惚《ぼ》けているようだな……」

半兵衛は眉《まゆ》をひそめた。

「やはり……」

若い人足は頷《うなず》いた。

「うむ。おそらく、家の者の眼を盗んで外に出て彷徨《うろつ》いていたのだろう」

半兵衛は読んだ。

「ええ。どうしたら良いのか……」

若い人足は困惑した。

「うむ、近くの自身番《じしんばん》に連れて行くしかないかな……」

半兵衛は、近くの新右衛門町《しんえもんちょう》の自身番に連れて行くしかないと思った。

「あっ、御隠居さま……」

お店《たな》の番頭と手代のような者たちが楓川沿いの道に現れ、若い人足の背の老爺に気が付いて駆け寄って来た。

「おう。どうやら、年寄りを捜している者たちのようだ」

半兵衛は笑った。

「ええ。良かったな、お迎えが来ましたぞ」

若い人足は、満面に安堵《あんど》を浮かべて老爺に話し掛けた。

「御隠居さま……」

番頭と手代たちは、半兵衛と老爺を背負った若い人足に駆け寄って来た。

「その方たち、此の年寄りの知り合いか……」

半兵衛は尋ねた。

「はい。此の方は京橋《きょうばし》の瀬戸物《せともの》問屋美濃屋《みのや》の隠居の仁左衛門《にざえもん》にございます」

番頭は告げた。

「京橋の瀬戸物問屋美濃屋の仁左衛門……」

「はい。手前は番頭の吉兵衛《きちべえ》にございまして、家を抜け出した御隠居さまを捜し廻っていた処《ところ》にございます」

「隠居の仁左衛門、惚けているのかな」

「はい。いつもは大人しく寝ておられるのですが、近頃は家を抜け出すようになりまして……」

「そうか……」

「本当にありがとうございました」

番頭の吉兵衛は、半兵衛に頭を下げた。

若い人足は、背負っていた老爺を手代に引き渡した。

「いや。彷徨《さまよ》っている仁左衛門を保護し、家に送り届けようとしていたのは、私じゃあない。此方《こちら》だ……」

半兵衛は、手拭で頬被りをした若い人足を示した。

「左様《さよう》にございましたか、此度《こたび》は隠居がお世話になり、真にありがとうございました。宜《よろ》しければお名前を……」

吉兵衛は、若い人足に礼を述べた。

「なあに、偶々《たまたま》道に迷った病の年寄りと出逢《であ》い、家に送ろうとしただけです。礼には及びませんよ……」

若い人足は、屈託《くったく》なく笑った。

「そうではございましょうが、御隠居をお助け下さいました方のお名前も訊かなかったとなると、番頭の手前が旦那さまに叱《しか》られます。どうか、お教え下さい」

吉兵衛は懇願《こんがん》した。

「そうですか。じゃあ教えますが、礼など本当に無用ですよ」

「は、はい……」

「私は青山伊織《あおやまいおり》です……」

若い人足は名乗った。

「えっ。青山伊織さまと仰《おつしや》いますと……」

吉兵衛は戸惑った。

「吉兵衛、此方は武士だ……」

半兵衛は苦笑した。

「えっ……」

「頬被りの下の髷、町人髷ではなく武家の総髪《そうはつ》。気が付かなかったか……」

「は、はい。此は御無礼《ごぶれい》致しました」

吉兵衛は、青山伊織と名乗った若い人足に頭を下げて詫《わ》びた。

「いや。今の私は仕事帰りの日雇《ひやと》い人足。ささ、日も暮れて募《つの》る寒さは、病の年寄りには毒。私も急ぐのでな。御免……」

青山伊織は、半兵衛に会釈《えしゃく》をして身を翻《ひるがえ》し、日本橋川に架かっている江戸橋《えどばし》に向かった。

「あっ、青山さま……」

吉兵衛は焦《あせ》った。

「吉兵衛……」

半兵衛は制した。

「は、はい……」

「武士が日雇いの人足働きをしているのだ。胸の内を汲《く》んでやるのだな」

半兵衛は笑った。

「は、はい……」

吉兵衛は頷いた。

「青山伊織か……」

半兵衛は、夕闇に立ち去って行く人足姿の青山伊織を見送った。

楓川の流れに月影が映《は》えた。

柳原通りに夜風が吹き抜け、柳並木の緑の枝葉は一斉に大きく揺れた。

提灯《ちょうちん》の明かりが柳原通りに浮かんだ。

お店の旦那は、半纏《はんてん》を着た男の持つ提灯の明かりに足許《あしもと》を照らされ、柳原通りを神田八ツ小路《かんだやつこうじ》に進んだ。

神田八ツ小路は暗く、行き交う人の気配はなかった。

半纏を着た男の持つ提灯は、旦那を誘《いざな》って柳原通りから神田八ツ小路に出た。

そして、神田川に架かっている昌平橋《しょうへいばし》に向かった。

刹那《せつな》、塗笠《ぬりがさ》を被《かぶ》った侍が昌平橋の袂の暗がりから現れた。

半纏を着た男と旦那は驚き、立ち止まった。

塗笠を被った侍は、旦那と半纏を着た男に迫って刀を抜き放った。

半纏を着た男は怒声をあげ、塗笠を被った侍に提灯を投げて逃げようとした。

塗笠を被った侍は、構わずに踏み込んで刀を閃《ひらめ》かせた。

半纏を着た男と旦那は、血を飛ばして大きく仰《の》け反《ぞ》り倒れた。

塗笠を被った侍は、斬られて倒れた旦那と半纏を着た男を一瞥《いちべつ》し、昌平橋を駆け渡って闇に消えた。

提灯は大きく燃え上がった。

神田八ツ小路を行き交う人々は、筋違御門《すじかいごもん》外の石垣の傍《そば》の人だかりを恐ろしそうに見ながら行き交っていた。

半兵衛は、音次郎に誘われて筋違御門外の石垣の傍の人だかりに進んだ。

筋違御門の石垣の脇には、お店の旦那と半纏を着た男の死体が並べられ、半次が検《あらた》めていた。

「親分、半兵衛の旦那です……」

音次郎は告げた。

「おう。御苦労さまです」

半次と町役人《ちょうやくにん》たちは、半兵衛を迎えて挨拶をした。

「皆も御苦労だね」

半兵衛は町役人たちを労《ねぎら》い、二人の仏に手を合わせた。

音次郎が続いた。

「さあて、此処《ここ》で殺されたのかな」

半兵衛は、辺りを見廻した。

「いえ。殺されていたのは昌平橋の袂だそうです」

半次は、多くの人が行き交う昌平橋の袂を眺めた。

「ならば、町役人たちが此処に運んだのか……」

「はい……」

「そうか。して、死因は何かな……」

半兵衛は、半次に尋ねた。

「あっしの見た処、半纏を着た男は胸を横薙《よこな》ぎの一刀、旦那の方は袈裟《けさ》懸《が》けの一太刀……」

半次は、二人の傷を示した。

「かなりの遣《つか》い手《て》かと……」

半次は睨《にら》んだ。

半兵衛は、二人の傷口を検めた。

「うん。半次の睨み通りだな」

半兵衛は頷いた。

「で、盗られた物は……」

「旦那の二両入りの財布は無事でした」

「って事は、遺恨《いこん》の果てか辻斬《つじぎ》り……」

半兵衛は読んだ。

「旦那の仏は金貸《かねか》しの義平《ぎへい》。半纏を着た仏は取立屋《とりたてや》の清次《せいじ》です」

半次は告げた。

「金貸しの義平と取立屋の清次か……」

半兵衛は眉をひそめた。

「って事は、恨《うら》みの果てですかね……」

音次郎は読んだ。

「うむ。金貸しと取立屋、大なり小なり恨みを買っているか……」

「はい……」

音次郎は頷いた。

「で、殺されたのは、血の乾き具合から見て夜中のようだが、見た者はいたのかな」

半兵衛は尋ねた。

「今の処、見たと届け出た者はいません」

「そうか。ならば、金貸しの義平と取立屋の清次の人柄と、恨みを買っているかいないかだな……」

「はい。金貸しの義平、家は神田明神門前町です……」

半次は告げた。

「よし。行ってみるか……」

半兵衛は、義平と清次の死体を近くの明善寺《みようぜんじ》の湯灌場《ゆかんば》に運ぶように命じ、半次や音次郎と金貸し義平の家に向かった。

金貸し義平の家は板塀に囲まれた仕舞屋《しもたや》であり、神田明神の門前町の片隅にあった。

半兵衛は、半次や音次郎と訪れた。

金貸し義平の家には、お内儀《ないぎ》のおきちと相撲《すもう》取《と》り上がりの下男の与吉《よきち》おさだ夫婦。そして取立屋の清次は、義平の家の裏手にある家作《かさく》に住んでいた。

「義平さんの遺体は明善寺の湯灌場です。引き取りに行ってやるんだね」

半次は、下男の与吉に告げた。

「はい。承知しました」

与吉は、鼻水を啜《すす》りながら頷いた。

「じゃあ、お内儀、旦那の義平を恨んでいる者に心当たりはないかな」

半兵衛は尋ねた。

「お役人さま、義平は冷酷非道な取立てなどしない良心的な金貸し、人様《ひとさま》に殺される程、恨まれていたなんて……」

お内儀のおきちは、浮かぶ涙を拭《ぬぐ》った。

「ないか……」

「はい……」

おきちは、泣き腫《は》らした眼で半兵衛を見詰め、頷いた。

「しかし、恨みなどは思わぬ処で買うものだ。義平が金を貸していた帳簿《ちょうぼ》や証《しょう》文《もん》を見せて貰おうか……」

半兵衛は告げた。

「はい。帳簿や借用《しゃくよう》証文は店の帳場《ちょうば》にあります。御存分に御調べ下さい」

おきちは告げた。

「うむ。そうさせて貰うよ」

半兵衛は頷いた。

金貸し義平の店は、仕舞屋の戸口脇にあった。

義平は、店の帳場で金を借りに来た者と逢い、金貸しの仕事をしていた。

「よし。証文や帳簿は私が調べる。半次と音次郎は近所での義平と清次の評判をな……」

半兵衛は命じた。

「心得《こころえ》ました。音次郎……」

「合点《がってん》です」

半次と音次郎は、聞き込みに出て行った。

「さあて……」

半兵衛は、帳場にある帳簿や借用証文を検め始めた。

義平と清次を斬り殺した下手人《げしゅにん》は、剣の遣い手である限り武士だ。

半兵衛は、金を借りた者の証文に武士の名を探した。

金を借りている者の殆《ほとん》どは町方の者であり、武士と思われる者は少なかった。

半兵衛は、武士の名の洗い出しを急いだ。

「へえ。そんな金貸しなんですか、門前町の義平さん……」

半次は、微かな戸惑いを過《よ》ぎらせた。

「ええ。貸す金は二十両以内。出来るだけ返せる範囲の金しか貸さない。ま、良心的な金貸しですよ。義平さんは……」

門前町の酒屋の番頭は告げた。

「へえ。今時、珍しい金貸しですね」

半次は感心した。

「ええ。余程じゃあないと、厳しい取立てもせず。評判の良い金貸しですよ」

「そうですか……」

「ええ。本当に金貸しの事で恨まれて殺されたなんて思えないけどね……」

番頭は首を捻《ひね》った。

「そうですか……」

義平は、珍しい程、評判の良い金貸しだ。

半次は知った。

「ええ……」

番頭は頷いた。

「処《ところ》で番頭さん、義平さん、お内儀との仲はどうでした……」

半次は、話題を変えた。

「えっ、義平さんとお内儀のおきちさんですか……」

番頭は眉をひそめた。

「ええ……」

「ま、外から見ている限り、夫婦仲は良いようですが、本当の処は良く分かりませんねえ」

番頭は苦笑した。

「そうですか……」

「評判の良い金貸しか……」

酒屋を出た半次は、納得《なっとく》出来ない面持ちで呟《つぶや》いた。

「親分……」

音次郎が駆け寄って来た。

「おう。どうだった……」

「そいつが驚きましたよ」

「驚いたって、何があったんだ」

半次は緊張した。

「金貸し義平さん、誰に訊いても評判の良い金貸しなんですよ」

音次郎は、不服気に報《しら》せた。

「そうか……」

半次は、思わず苦笑した。

金貸し義平から金を借りている武士は、二十数名いた。

人を斬り殺す程の借金は、少なくても十両以上だ。

義平に借金をしている二十数名の武士の内、十両以上の金を借りている者は六人だった。

六人……。

六人の武士は、小旗本、御家人、浪人、勤番侍《きんばんざむらい》……。

半兵衛は、六人の武士の借用証文を見た。

この中の誰かが、義平と清次を斬り殺したとは限らない。剣の遣い手を刺客《しかく》に雇《やと》ったとも考えられる。だが、それならば、借金をしている皆にも云えることになる。

やはり、先《ま》ずは六人の武士だ。

半兵衛は、六人の武士の名を見直した。

青山伊織……。

何処《どこ》かで聞いた名だ……。

半兵衛は、六人の武士の中の一人の名前に聞き覚えがあった。

「青山伊織……」

そうか……。

過日、楓川に架かる新場橋の袂で惚けた徘徊《はいかい》老人を助けた日雇い人足をしている武士の名が青山伊織だった。

半兵衛は思い出した。

だが、義平に金を借りている〝青山伊織〟が、惚けた徘徊老人を助けた〝青山伊織〟と同じ人物とは限らない。

よし、先ずは青山伊織と逢ってみるか……。

半兵衛は、青山伊織を始めとした六人の武士の借用証文を借りて金貸し義平の家を出た。

二

半兵衛は、音次郎に金貸し義平の家の見張りと聞き込みを続けさせ、半次と共に青山伊織の借用証文に書かれている住まいに向かった。

義平に十両を借りている青山伊織は、下谷練塀小路の組屋敷に住んでいた。

半兵衛は、下谷練塀小路が明神下の通りから続く道と交差する辻に佇《たたず》み、連《つら》なる組屋敷を眺めた。

半次は、通り掛かった米屋の手代に聞き込みを掛け、半兵衛の許に戻って来た。

「分かったか……」

「はい。青山伊織さまの組屋敷は、此の辻の向こう側の三軒目だそうです」

半次は、辻の向こう側に連なる組屋敷の三軒目を示した。

三軒目の組屋敷の前庭には、桜の古木が一本あった。

半兵衛は、半次と桜の古木のある組屋敷に向かった。

桜の古木は緑の葉を微風《そよかぜ》に揺らしていた。

半兵衛と半次は、廻された板塀の木戸門から組屋敷内を窺《うかが》った。

「此のお屋敷ですね……」

半次は告げた。

「うん……」

半兵衛は頷いた。

「御免下さい。青山さま……」

半次は、組屋敷に声を掛けた。

「あの、青山さまはお留守ですよ……」

前掛《まえかけ》をした十六、七歳の武家の娘が、怪訝な面持ちで向かい側の組屋敷から出て来た。

「やあ。私は北町奉行所臨時廻り同心の白縫半兵衛、こっちは本湊の半次……」

半兵衛は、己と半次の名を告げた。

「は、はい……」

「こちらは、青山伊織どのお屋敷ですな」

半兵衛は、桜の古木のある組屋敷を示した。

「はい。青山さまの組屋敷にございますが、伊織さんはお出掛けになっております」

　娘は告げた。

「お出掛けですか……」

「はい。朝早くに……」

　娘は、青山屋敷を眺めた。

「朝早く……」

　口入屋《くちいれや》の人足働きにでも行ったのか……。

　半兵衛は読んだ。

「私は向かいの組屋敷に住んでいる夏目佐奈《なつめさな》と申します。青山伊織さんに何か御用でしょうか……」

　武家の娘は夏目佐奈と名乗り、半兵衛に怪訝な眼を向けた。

「いえ。ちょいと訊きたい事があってね」

「あの。私で分かる事なら……」

「うむ。ならばお尋ねするが、青山伊織どの、剣の修行《しゅぎょう》は……」

「はい。神道無念流《しんとうむねんりゅう》の撃剣館《げきけんかん》に通っておられました……」

　佐奈は告げた。

「ほう。神道無念流の撃剣館で修行されていたのですか……」

神道無念流『撃剣館』は、江戸でも名高い剣術道場だ。

神道無念流の遣い手の青山伊織ならば、義平と清次を一太刀で斬り棄てるのは造作もない事だ。

半兵衛は知った。

「はい。免許皆伝《めんきょかいでん》で、町道場に師範代《しはんだい》に行く程の腕前です」

佐奈は、自慢げな笑みを浮かべた。

「ほう。それは凄《すご》いな……」

半兵衛は感心した。

「はい……」

佐奈は、我が事のように嬉《うれ》しそうに頷いた。

「あの、付《つ》かぬ事をお伺いしますが、何方《どなた》か病に……」

半次は尋ねた。

「えっ……」

佐奈は、戸惑いを浮かべた。

「煎《せん》じ薬《ぐすり》の匂いが微かに……」

半次は、佐奈から煎じ薬の微かな匂いを嗅《か》いだのだ。

「は、はい。父が心の臓の長患《ながわずら》いで……」

佐奈は、自分の組屋敷を一瞥して哀し気に告げた。

「そうですか。お父上さまが……」

半次は頷いた。

「して、青山どの、昨日の夜は……」

「暮六つ（午後六時）過ぎに出先から戻りまして。私が夕食を届けて……」

「ほう。佐奈さんが青山どのの食事の面倒を見ているのですか……」

「は、はい。伊織さんは一人暮らしですから、他に掃除や洗濯《せんたく》も……」

佐奈は、伊織の身の廻りの世話をして手間賃《てまちん》を貰い、父親の薬代の足《た》しにしているのかもしれない。

半兵衛は読んだ。

「で、夕食の後は……」

「ずっと家にいて、寝た筈《はず》ですよ」

佐奈は、躊躇《ためら》いも警戒も見せずに答えた。

嘘《うそ》は感じられない……。

「そうですか……」

半兵衛は頷いた。

「はい。昨夜、何か……」

佐奈は、微かな戸惑いを過《よ》ぎらせた。

「いえ。して、青山伊織どのは何処の口入屋に出入りしているのかな……」

半兵衛は、何気ない口振りで尋ねた。

「上野新黒門町《うえのしんくろもんちょう》の万屋《よろずや》さんです」

佐奈は告げた。

「そうですか、良く分かりました。じゃあ又……」

半兵衛は、佐奈に挨拶をして半次と青山伊織の組屋敷の前から離れた。

「御苦労さまでした……」

佐奈は、半兵衛と半次を会釈して見送り、夏目家の組屋敷に戻って行った。

「さあて、どう思う、半次……」

半兵衛は、出て来た青山屋敷を振り返った。

「夏目佐奈さんの言葉は信用出来るかと……」

半次は、半兵衛を窺った。

「うん。私もそう思う。だが、夕食を食べた後、佐奈の眼を盗んでこっそり出掛けたのかもしれない……」

半兵衛は読んだ。

「はい。青山伊織さん、金貸し義平と取立屋の清次を斬っていないとは、未だ決め付けられませんね」

半次は眉をひそめた。

「うむ……」

半兵衛は頷いた。

「処で旦那、青山伊織さんを御存知《ごぞんじ》なのですか……」

半次は、怪訝な眼を向けた。

「うん。いつだったか話した徘徊していた惚け老人を助けた日雇い人足の武士だと思う」

「ああ。その時の。それで、出入りをしている口入屋ですか……」

半次は読んだ。

「うん。上野新黒門町の万屋だ……」

半兵衛と半次は、上野新黒門町に向かった。

金貸し義平と取立屋の清次の遺体が明善寺の湯灌場から戻され、神田明神門前町の家では弔《とむら》いが始まった。

音次郎は見張った。

弔いには、金を借りていると思われる者たちが大勢やって来ていた。

評判の良い金貸しか……。

音次郎は苦笑した。

紺無地《こんむじ》の半纏を着た男が、義平の家から出て来て素早く板塀の陰に入った。

何だ……。

音次郎は気が付き、見守った。

男は、紺無地の半纏を脱いで裏に返した。

紺無地の半纏は違《ちが》い無双《むそう》になっており、派手な縞の半纏になった。

男は、派手な縞柄の半纏を着て板塀の陰から現れ、明神下の通りに向かった。

堅気《かたぎ》じゃあない……。

音次郎は、違い無双の半纏を着た男を尾行《つけ》た。

違い無双の半纏を着た男は、明神下の通りを不忍池に向かった。

音次郎は尾行た。


下谷広小路は、東叡山寛永寺《とうえいざんかんえいじ》や不忍池弁財天《べんざいてん》への参拝客で賑わっていた。

上野新黒門町は、下谷広小路の南にある。

半兵衛と半次は、下谷練塀小路から上野新黒門町の口入屋『万屋』を訪れた。

口入屋『万屋』は、日雇い人足などを周旋《しゅうせん》する忙しい時も過ぎて閑散《かんさん》としていた。

「邪魔するよ……」

半次と半兵衛は、口入屋『万屋』に入った。

「いらっしゃいませ……」

口入屋『万屋』の主の萬助《まんすけ》は、怪訝な面持ちで半兵衛と半次を迎えた。

「ちょいと伺いますが、此方に青山伊織さんってお侍は出入りしちゃあいませんかね」

半次は尋ねた。

「えっ、青山伊織さんですか……」

「うん。出入りしちゃあいないかな」

半兵衛は笑い掛けた。

「はい。青山伊織さんなら出入りしておりますが……」

萬助は、巻羽織の半兵衛に戸惑いながらも頷いた。

「そうか。ならば、今日は……」

「はい。本郷《ほんごう》は菊坂町《きくざかちょう》の妙心寺《みょうしんじ》の石垣が崩れたので、石積みの仕事に行って貰っていますが……」

萬助は、半兵衛に探るような眼を向けた。

「本郷菊坂の妙心寺で石積みか……」

「はい。お役人さま、青山さんが何か……」

萬助は、不安を過ぎらせた。

「う、うむ。亭主、青山伊織、昨日も日雇い仕事をしていたのか……」

「はい。昨日も本郷菊坂の妙心寺の石積みの仕事をしていました」

「何時頃迄《いつごろまで》かな……」

「日暮れ迄、暮六つ頃ですか……」

萬助は告げた。

「で、組屋敷に帰ったのが暮六つ過ぎ……」

「うん。で、夜は……」

半兵衛は、萬助に尋ねた。

「いえ。昨夜は大店《おおだな》の御隠居の夜釣りのお供の仕事もなく、何処かで酒でも飲んでいたんじゃあないですか……」

萬助は笑った。

「そうか。夜は何処かで酒でも飲んでいたかもしれないか……」

青山伊織の義平と清次殺しの疑いは、容易に晴れなかった。

「旦那……」

「うむ……」

半兵衛は眉ひそめた。


下谷広小路は賑わっていた。

違い無双の半纏の男は、上野北大門町《きただいもんちょう》の裏通りにある一膳飯屋の暖簾《のれん》を潜った。

よし……。

唯単《ただたん》に飯を食べに来たのか、それとも誰かと落ち合うのか。

見定める……。

「邪魔するぜ……」

音次郎は、一膳飯屋の暖簾を潜った。

「いらっしゃい……」

一膳飯屋の亭主は、音次郎を迎えた。

「おう。浅蜊《あさり》のぶっ掛け丼、貰おうか……」

「へい……」

亭主は、不愛想《ぶあいそ》な返事をして板場に入った。

音次郎は、戸口の傍に座って店の奥を窺った。

違い無双の半纏の男は、店の奥で着流しの侍と酒を飲んでいた。

金貸し義平の弔い帰りに落ち合った中年の侍は、何者なのか……。

義平と清次殺しに拘《かか》わりがあるのか……。

「おまちどお……」

亭主が、浅蜊のぶっ掛け丼を持って来た。

「おう。此奴は美味《うま》そうだ……」

音次郎は、違い無双の半纏の男と着流しの侍を窺いながら浅蜊のぶっ掛け丼を食べ始めた。

「親父、酒を頼むぜ」

違い無双の半纏の男が注文した。

「おう。只今《ただいま》……」

「昼間から豪勢なもんだな」

音次郎は、羨《うらや》ましそうに笑った。

「ああ。常吉《つねきち》の奴、半端な博奕打《ばくちう》ちの癖《くせ》に……」

亭主は苦笑し、板場に戻って行った。

常吉……。

音次郎は、違い無双の半纏を着た男の名を知った。

本郷菊坂町の妙心寺の境内《けいだい》では、幼い子供たちが歓声をあげて遊んでいた。そして、境内から墓地に通じる道の石垣が崩れ、人足たちが石積みの仕事に励《はげ》んでいた。

半兵衛と半次は、石積みをしている人足たちを眺めた。

数人の人足たちが、石積み職人の親方の指図で働いていた。

半兵衛は、人足の中にいる手拭で頰被りをした青山伊織を見付けた。

「あの頰被りをした背の高い人足だ……」

半兵衛は、半次に示した。

「流石《さすが》に剣の修行をしただけあって腰の入れ具合が違いますね」

半次は、石を入れた畚《もっこ》を担《かつ》ぐ青山伊織に感心した。

「ああ。よし、半次は青山伊織を見張ってくれ。私は義平に金を借りている残る五人の侍を当たってみるよ」

半兵衛は告げた。

「分かりました」

半次は頷いた。

「じゃあな……」

半兵衛は、青山伊織の見張りに半次を残し、義平に金を借りていた残る五人の侍の許《もと》に向かった。

半次は、働いている青山伊織を眺めた。

青山伊織は、日雇い仲間の初老の人足を助けて畚を担いでいた。

音次郎は、一膳飯屋を出て路地から見張りを始めた。

僅《わず》かな刻が過ぎた。

着流しの侍と常吉が、一膳飯屋から出て来た。

「じゃあな、常吉……」

着流しの侍は、常吉に笑い掛けて湯島天神裏門坂道に向かった。

「はい。岸田《きしだ》の旦那もお気を付けて……」

常吉は、着流しの侍を〝岸田〟と呼んで見送った。

着流しの侍の名は岸田……。

音次郎は知り、着流しの侍、岸田の後を尾行た。


岸田は、湯島天神裏門坂道から明神下の通りに進んだ。

何処に行く……。

音次郎は、西日を受けて明神下の通りを行く岸田を尾行た。

本郷菊坂町の妙心寺の石積み現場は、石積み職人の親方の指図で仕事は進んでいた。

青山伊織は、相棒の初老の人足を励まし助けながら働き続けていた。

惚けた徘徊老人を助ける男……。

半次は、半兵衛から聞いた話を思い出しながら青山伊織を見守った。

身分に拘《こだわ》らず、屈託《くったく》なく、明るく優しい働き者……。

半次は、青山伊織の人柄を知った。

半兵衛は、青山伊織の他に金貸し義平に金を借りていた残る五人の侍を洗った。

その一人である御家人の隠居の細田源内《ほそだげんない》は、六十歳を過ぎた老人で人を斬る力は既になかった。

勤番侍の桜井恭之介《さくらいきようのすけ》は、剣の修行をしていなく、刀を満足に扱えない侍だった。

残るは三人だ。

御家人の大島吉之助《おおしまきちのすけ》、浪人の山崎清太郎《やまざきせいたろう》と宗方小五郎《むなかたこごろう》……。

陽は沈み、夕暮れ時になった。

今日は此迄《これまで》だ。

義平の弔いは続いているのか……。

半兵衛は、神田明神門前町の金貸し義平の家に行く事にした。

弔問客《ちようもんきやく》も疎《まば》らになり、弔いは終わりに近付いていた。

僧侶《そうりよ》の経にも疲れが窺えた。

着流しの岸田は、義平と清次の棺《ひつぎ》に手を合わせ、喪主《もしゆ》の座にいるお内儀のおきちに悔《くや》みの言葉を述べていた。

音次郎は見守った。

「誰だ……」

半兵衛が背後に現れた。

「あっ。旦那……」

「奴の名前は……」

義平に金を借りている残る三人の侍のうちの一人かもしれない……。

半兵衛は、おきちと言葉を交わす岸田を見詰めた。

「岸田、下の名は未だです」

音次郎は報せた。

義平から金を借りている残る三人の侍、大島吉之助、山崎清太郎、宗方小五郎ではなかった。

「岸田、どう云う奴だ……」

「はい……」

音次郎は、弔問に来た博奕打ちの常吉と拘わりがあり、素性は未だ分からないと告げた。

「博奕打ちの常吉と岸田か……」

「はい……」

音次郎は頷いた。

「そうか。さあて、どんな拘わりなのか……」

半兵衛は、小さな笑みを浮かべた。

岸田は、お内儀のおきちの傍を離れて戸口に向かった。

「旦那……」

「うむ。素性と義平との拘わりをな……」

半兵衛は囁《ささや》いた。
「はい。じゃあ……」
音次郎は、岸田を追った。
擦れ違いで、頬被りをした人足が入って来た。
「うん……」
半兵衛は眉をひそめた。
人足は頬被りを取り、義平と清次の棺の前に進み出て焼香《しょうこう》した。
青山伊織……。
半兵衛は、人足が青山伊織だと気が付いた。
青山伊織は焼香した。
半兵衛は見守った。
焼香の終わった青山伊織は、お内儀のおきちに悔みを述べ始めた。
半次が尾行て来ている筈だ……。
半兵衛は外に出た。

三

半兵衛は戸口を出た。

「旦那……」

半次が、駆け寄って来た。

「おう。青山伊織、焼香に来たな」

「はい。石積みの現場から真っ直ぐに……」

半次は告げた。

「そうか……」

半兵衛は頷いた。

「弔いに来るって事は、後ろめたさはないって事ですか……」

半次は読んだ。

「さあて、そいつはどうかな……」

半兵衛は苦笑した。

「おお。貴方は……」

半兵衛と半次は振り返った。

戸口に青山伊織がいた。

「うん……」

半兵衛は、青山伊織に怪訝な眼を向けた。

「じゃあ、旦那、あっしは此《これ》で……」

半次は、咄嗟《とっさ》に半兵衛に会釈をして離れた。

「うむ……」

半兵衛は半次を見送り、青山伊織の傍に近付いた。

「おぬしか……」

半兵衛は笑い掛けた。

「はい。いつぞやは御造作をお掛けしました」

青山伊織は挨拶をした。

「いや。どうです、一献《いっこん》……」

半兵衛は誘った。

「はあ……」

「じゃあ……」

半兵衛は、青山伊織を誘って門前町に向かった。

半次が物陰から現れ、半兵衛と青山伊織を見送った。

門前町の蕎麦屋《そばや》は空いていた。

半兵衛は、青山伊織と衝立《ついたて》の奥に座り、酒を飲み始めた。

「私は北町奉行所臨時廻り同心の白縫半兵衛です」

「私は青山伊織……」

「お住まいは下谷練塀小路の組屋敷ですな」

「白縫さん……」

伊織は、戸惑いを浮かべた。

「義平と清次は、手練《てだ》れの一太刀で斬り殺されていました。で、先ずは義平から金を借りている武士を洗っていましてね……」

半兵衛は、伊織を見詰めて告げた。

「そうしたら、青山伊織の借用証文がありましたか……」

伊織は苦笑した。

「ええ。青山伊織、聞き覚えのある名前で戸惑いましたが、練塀小路の組屋敷に行っておぬしの事だと気が付きましたよ」

「夏目家の佐奈に聞きましたか……」

伊織は読み、苦笑した。

「はい、おぬしの人柄を。で、惚けた徘徊老人を助けた青山伊織さんだと分かりましてね」

何《いず》れは夏目佐奈から伝わる事だ……。

半兵衛は、笑みを浮かべて青山伊織に酒を勧めた。

「畏《おそ》れ入ります。そうでしたか。して、私への疑いは……」

「昨日は暮六つ過ぎに組屋敷に戻り、佐奈さんの作った夕餉《ゆうげ》を食べ、そのまま組屋敷にいた。そうですね」

「ええ。で、今朝方、日雇いの人足仲間に義平と取立屋の清次が殺されたと聞き、驚きましたよ」

伊織は、猪口《ちょこ》の酒を飲み、半兵衛に酌《しゃく》をした。

「忝《かたじけな》い。して、金貸し義平と取立屋の清次が殺された事に何か心当たりは……」

半兵衛は、伊織の酌を受けながら尋ねた。

「さあて、義平は金を借りる者の話を聞いて、返せる範囲以内の金を貸す良心的な金貸しで、清次も非道な真似はしない取立屋。恨まれて殺されるなどとは、とても思えません」

伊織は首を捻った。

「義平は金を借りた者にも評判は良いようだね」

半兵衛は苦笑した。

「そりゃあもう……」

伊織は頷いた。

「ならば、義平を恨み、殺したい思っていた者には……」

「心当たりはありません」

伊織は、猪口の酒を飲み干した。

「ならば伊織さんは、義平が何故殺されたのかも……」

「分かりませんが、辻強盗か……」

「義平の財布は手付かずで残されていましたよ」

「ならば辻斬りかも……」

伊織は読んだ。

「ええ。それもあり得ますが……」

「何か……」

「伊織さん、大島吉之助と云う御家人を御存知ですか……」

「大島吉之助……」

伊織は眉をひそめた。

「ええ……」

「知っています」

「どんな方ですか……」

「小石川《こいしかわ》に屋敷のある部屋住《へやず》みで、何《いず》れは絵師か戯作者《げさくしゃ》になりたいって奴でしてね。人を斬る腕も度胸もないと思いますよ」

伊織は苦笑した。

どうやら、御家人の大島吉之助も違うようだ。

半兵衛は知った。

「違いますか。ならば、山崎清太郎と宗方小五郎と云う浪人は……」

「知りません……」

「そうですか……」

「白縫さん、その山崎清太郎と宗方小五郎が義平を……」

伊織は、身を乗り出した。

「いえ。二人も義平に金を借りていましてね。調べるのはこれからです」

「そうですか……」

「ええ。ま……」

半兵衛は、伊織に酒を注いだ。

伊織は、酒の満ちた猪口を置いて半兵衛に酌をした。

「白縫さん、おそらくその二人の浪人も義平と清次を斬ってはいないと思います」

「ほう。何故に……」

伊織は、思わぬ事を云い出した。

半兵衛は、伊織に怪訝な眼を向けた。

「義平は、返せる当てのある者かそれなりの理由のある者にしか金は貸しません……」

「博奕や遊ぶ為の金は貸さないか……」

「はい。そのような借金ならはっきりと断わります。ですから、借金を断わられた者が、それを恨んでの所業《しょぎょう》かと……」

伊織は読んだ。

「そうか。金を借りた者より、金を借りるのを断わられた者の方に義平は恨まれているかもしれないか……」

半兵衛は、義平と清次殺しに別の見方もあるのに気が付いた。

「ええ。義平に金を貸して貰えなくて酷《ひど》い目に遭《あ》い、それを恨み……」

「成《な》る程《ほど》……」

金貸し義平と清次殺しは、そうした見方の方が順当なのかもしれない。

半兵衛は頷いた。だが、金を借りるのを断わられた者は借用証文も帳簿に名もなく、名前も人数も分からないのだ。

義平と清次殺しの探索は、一段と難しくなる……。

「ですが、借金を断わられた者となると、借用証文もなく帳簿に名も残らず、捜すのは容易ではありませんね」

伊織は、気が付いて厳しさを滲《にじ》ませた。

「ええ……」

半兵衛は頷いた。

「分かりました。私も借金仲間に義平に金を貸して貰えずに恨んでいる者がいないか訊いてみますよ」

伊織は告げた。

「そうして貰えると助かるが、おぬしの場合は何故の借金かな……」

「私が借りた金子は十両。夏目の小父御《おじご》に唐人参《とうにんじん》を買ってやりたくて……」

伊織は苦笑した。

「ああ。夏目どのは心の臓の長患いでしたな」

半兵衛は、夏目佐奈の言葉を思い出した。

「はい。ですから、月二分返済で二か月で一両。二十か月で十両、一年と八か月で十両返済の借金。ですから、日雇い人足から隠居のお守り、剣術道場の師範代。何でもやって稼いでいるんですよ」

伊織は、屈託なく笑った。

「成る程。それだけの借りる理由と、しっかりとした返済方針なら、義平も気持ち良く金を貸してくれますか……」

半兵衛は笑った。

「お蔭さまで……」

伊織は、楽し気に酒を飲んだ。

「何れにしろ、金貸し義平と取立屋の清次殺し、もう一度、端《はな》から見直してみる必要がありそうだな」

半兵衛は、厳しい面持ちで酒を飲んだ。

「いかいご馳走《ちそう》になりました。では、御免……」

青山伊織は、半兵衛に深々と一礼して腰の手拭で頰被りをし、軽い足取りで立ち去って行った。

半兵衛は見送った。

「旦那……」

半次が、背後に現れた。

「おう……」

「じゃあ、追って見張ります」

半次は、伊織を追い掛けようとした。

「いや。それには及ばないようだ……」

半兵衛は止めた。

「えっ……」

半次は戸惑った。

「半次。此度の金貸し義平と取立屋の清次殺し、今迄の金貸し殺しとは、ちょいと違うかもしれないな……」

半兵衛は笑った。

谷中慶福寺《けいふくじ》の賭場《とば》は、盆茣蓙《ぼんござ》を囲む客たちの熱気と煙草の煙に満ちていた。

音次郎は、次の間《つぎのま》で酒を啜りながら盆茣蓙を囲んでいる浪人の岸田を見守った。

岸田は、負けが込んで来たのか苛立《いらだ》ちを見せていた。

気の短い奴だ……。

音次郎は苦笑し、湯飲茶碗を片付けに来た三下《さんした》に声を掛けた。

「あの、お侍、かなり負けているようだな」

音次郎は、岸田を示した。

「ええ。平九郎《へいくろう》の旦那、今夜は付いていないようですね」

三下は、使われた湯飲茶碗を新しい物に替えて戻って行った。

平九郎、岸田平九郎か……。

音次郎は知った。

縞の半纏を着た常吉が現れた。

常吉……。

音次郎は見守った。

常吉は、岸田の様子を見て苦笑し、音次郎の隣に座って酒を飲み始めた。

「あのお侍と知り合いかい……」

音次郎は、探りを入れた。

「ああ……」

常吉は頷いた。

「負けが込んでいるようだな」

音次郎は酒を飲んだ。

「ああ。直《す》ぐに熱くなり、半で負ければ、半で勝つまで賭けるって、訳の分からねえ意地っ張りだからな」

常吉は苦笑した。

「始末の悪いお侍だな」

「ああ。触《さわ》らぬ神に祟《たた》りなしだ。今夜は先に消えた方が良さそうだな」

常吉は苦笑し、酒を飲んだ。

岸田は胴元《どうもと》に金を借りてでも博奕を打ち続け、常吉は先に賭場を出る。

音次郎は読んだ。

「いろいろ大変だな。じゃあ、あっしは此で、御免なすって……」

音次郎は、常吉に声を掛けて賭場を出た。


四半刻が過ぎた。

慶福寺の賭場に出入りする者も途絶え、裏門の三下も居眠りをしていた。

賭場から常吉が出て来た。

「おう……」

「こりゃあ常吉さん。お帰りですかい……」

三下が眼を覚ました。

「ああ。じゃあな……」

常吉は、谷中の慶福寺を出て下谷に向かった。

漸《よう》く出て来た……。

音次郎が木陰から現れ、常吉を尾行《つけ》た。

不忍池の水面に枯葉が落ち、映えていた月影は揺れた。

常吉は、不忍池の畔《ほとり》を進み、池之端《いけのはた》の裏通りに入った。

尾行して来た音次郎は、小走りに裏通りに続いた。

裏通りには行き交う人もいなく、夜廻りの木戸番の打つ拍子木《ひょうしぎ》の音が甲高《かんだか》く響いていた。

常吉は、足早に裏通りの路地に入って行った。

音次郎は、路地の入口に駆け寄った。そして、路地の奥を覗いた。

常吉が路地の奥の小さな家に入り、腰高障子を閉めた。

音次郎は見届けた。

路地奥の小さな家に明かりが灯され、腰高障子に映えた。

常吉は一人暮らし……。

音次郎は見定めた。


囲炉裏の火の上に鍋が掛けられた。

半兵衛は、青山伊織と話した事を半次に伝えた。

「成る程、金を貸して貰えなくて恨んでいる奴ですか……」

半次は眉をひそめた。

「うむ。私たちは金貸し殺しとなると、金を借りて返済に困ったり、取立てに苦しむなどの遺恨を持つ者の仕業だと睨むが、義平は金を借りる理由や返済の仕方を問い質して金を貸す。それ故、無理な取立てをせず、評判も良い……」

「義平に殺す程の遺恨を持つ者は、金を借りた者ではなく、金を貸して貰えなかった者ですか……」

「うん……」

半兵衛は頷いた。

囲炉裏に掛けられた鍋から湯気が上がり始めた。

「そうなると、借用証文もなく、帳簿に名も書かれちゃあいないので、いろいろ難しいですね……」

「ああ。先ずは義平と取立屋の清次の身辺を洗い直してみるか……」

半兵衛は苦笑した。

「ま、それしかありませんね」

半次は頷いた。

「只今、戻りました」

勝手口から音次郎が帰って来た。

「おお。丁度、鳥鍋も出来たようだ」

半兵衛は笑った。

「鳥鍋、そいつはありがたい……」

音次郎は喜んだ。

「音次郎、その前に手足を洗って来い」

半次は命じた。

「合点です」

音次郎は、井戸端に走った。

半兵衛は、鳥鍋の蓋《ふた》を取った。

湯気が大きく舞い上がった。

音次郎は、湯気をあげる鶏肉や野菜に息を吹き掛けながら食べた。

「で、音次郎。何か分かったのか……」

半次は苦笑した。

「はい。例の浪人の名前は岸田平九郎、下手《へた》な博奕に現《うつつ》を抜かし、直ぐに熱くなる気の短い野郎だそうですよ」

音次郎は、鳥鍋を食べながら報せた。

「岸田平九郎か……」

半兵衛は、義平の遺体に焼香し、お内儀のおきちに悔みを述べる岸田平九郎を思い出した。

「はい。詳しい事は博奕打ちの常吉を締め上げれば良いかと……」

音次郎は、鳥鍋のお代わりをし、冷や飯を入れた。

「博奕打ちの常吉……」

「ええ。岸田と連《つる》んでいる博奕打ちで、義平さんの弔いにも顔を出していました。塒《ねぐら》は池之端の裏通りの路地奥です」

音次郎は、冷や飯を入れた鳥鍋を食べながら告げた。

「よし。ならば、明日にでも常吉から岸田と義平の拘わりを教えて貰おうか……」

半兵衛は笑った。

囲炉裏で燃える薪《まき》が爆《は》ぜ、火花が飛び散った。

四

不忍池は朝日に煌《きら》めいた。

半兵衛と半次は、音次郎に誘われて池之端の裏通りに進んだ。

「こっちです……」

音次郎は、半兵衛と半次を裏通りの路地に誘った。

「此の路地の奥の家です」

音次郎は、路地の奥を示した。

「よし。常吉がいるかどうか見て来な」

半次は命じた。

「はい……」

音次郎は頷き、軽い足取りで路地の奥に進んだ。

音次郎は、路地の奥の小さな家の腰高障子に近寄り、中の様子を窺った。

鼾《いびき》が微かに聞こえた。

音次郎は、腰高障子を開けた。

腰高障子には心張棒《しんばりぼう》が掛けられておらず、すんなりと開いた。

薄暗く狭い家の中には、煎餅蒲団《せんべいぶとん》に包《くる》まって鼾を掻《か》いている常吉が見えた。

音次郎は見定め、路地の入口にいる半次と半兵衛に合図をした。

半兵衛と半次は、音次郎の許にやって来た。

「常吉、鼾を掻いていますぜ」

音次郎は苦笑した。

「よし。踏み込むよ」

半兵衛は告げた。

「はい。じゃあ……」

音次郎は、常吉の家に入った。

半兵衛が続き、半次が腰高障子を素早く閉めた。

常吉は、鼾を掻いて眠っていた。

音次郎は、常吉が包まっていた煎餅蒲団を勢い良く剝《は》ぎ取った。

「な、何だ……」

常吉は驚き、跳ね起きた。

音次郎が、常吉を背後から取り押さえ、半兵衛の前に引き据えた。

「お、お前……」

常吉は、音次郎が賭場で逢った男だと気が付いた。

「静かにしな。北町の白縫の旦那だ……」

音次郎は苦笑した。

常吉は、怯《おび》えを過ぎらせた。

「博奕打ちの常吉だな」

半兵衛は笑い掛けた。

「は、はい……」

常吉は、喉を鳴らして頷いた。

「浪人の岸田平九郎を知っているな」

「はい……」

「殺された金貸しの義平とは、どのような拘わりなのかな」

半兵衛は尋ねた。

「えっ……」

常吉は、戸惑いを浮かべた。

「金貸し義平と浪人の岸田平九郎の拘わりだ」

半次は、十手を出して凄《すご》んだ。

「拘わり……」

「ああ。岸田平九郎、義平さんに金を借りているんだな……」

半次は鎌を掛けた。

「いえ。岸田の旦那は、義平さんから金は借りちゃあいません」

常吉は、鼻の先で笑った。

「借りちゃあいないだと……」

半次は念を押した。

「はい。岸田の旦那は金を貸して貰おうとしたんですが……」

「義平は貸さなかったのか……」

半兵衛は、常吉を見据えた。

「は、はい……」

常吉は頷いた。

「それで、岸田平九郎は金を貸してくれなかった義平を恨んだか……」

半兵衛は、常吉を厳しく見据えた。

「はい……」

常吉は、項垂《うなだ》れるように頷いた。

「それで、義平と取立屋の清次を闇討ちにしたか……」

半兵衛は訊いた。

「えっ。そいつは知りません」

常吉は、嗄《しやが》れ声を引《ひ》き攣《つ》らせた。

「惚《とぼ》けるんじゃあねえ。岸田が金を貸してくれないのを恨み、闇討ちしたんだろう」

半次は、常吉の頬を張り飛ばした。

音次郎は、倒れそうになった常吉を引き戻した。

「おっと、しっかりしな……」

音次郎は笑った。

「本当です。あっしは本当に知らないんです」

常吉は、必死に告げた。

「常吉、惚けるつもりなら、島流しや死罪を覚悟して惚けるんだな。強請集《ゆすりたか》りに強盗《たたき》に騙《かた》り、辻強盗に人殺し。好きな罪状を選《よ》り取《ど》り見取《みど》りだ。白縫の旦那にお願いして、どれでも気に入った罪を背負わせてやるぜ。何だったら、義平と清次殺しにするか……」

半次は、笑顔で脅《おど》した。

「そ、そんな、冗談じゃあねえ。あっしは本当に義平さんと清次を殺《あや》めちゃあおりません。本当です。信じて下さい……」

常吉は、涙声を激しく震わせた。

「旦那……」

「うん。ならば常吉。お前は義平と清次を斬ったのは、何処の誰だと思っているのだ」

「分かりません。ですが……」

半兵衛は尋ねた。

常吉は、言葉を濁《にご》した。

「ですが、何だ。知っている事があれば、何でも話すんだな」

「お内儀のおきちさんが何か知っているかもしれません」

常吉は、覚悟を決めたように告げた。

「お内儀のおきち……」

半兵衛は、微かな戸惑いを過《よ》ぎらせた。

「はい。いつでしたか、岸田の旦那がおきちも強《したた》かな女だって笑っていました」

「強かな女……」

半兵衛は眉をひそめた。

「はい……」

「岸田平九郎とお内儀のおきち、拘わりがあるのか……」

半兵衛は、思わぬ事を知った。

「はい。おきちさんは義平さんの後添《のちぞ》えなんですが、それ以前は浜町堀《はまちようぼり》は元浜町の小間物屋の後家《ごけ》さんでして、岸田の旦那とはその頃からの知り合いだそうです」

常吉は告げた。

「旦那……」

半次は眉をひそめた。

「うむ。常吉、岸田平九郎の塒は何処だ」

「は、はい。本郷は北《きた》ノ天神《てんじん》脇にある天神長屋です」

常吉は告げた。

「本郷の天神長屋か……」

「はい。ですが、賭場に入り浸《いびた》りですから、いるかどうか……」

「賭場は昨夜の谷中慶福寺の賭場か……」

音次郎は訊いた。

「はい……」

常吉は頷いた。

「よし。じゃあ常吉、此の事は他言無用。岸田平九郎にも内緒だよ」

半兵衛は笑い掛けた。

「そりゃあもう。云えば直ぐに叩き斬られますよ」

常吉は、怯えを滲ませて首を竦《すく》めた。

「よし……」

半兵衛は笑顔で頷き、半次や音次郎と本郷北ノ天神に急いだ。


本郷北ノ天神真光寺《しんこうじ》門前町の片隅に天神長屋はあった。

半兵衛は、半次や音次郎と天神長屋の木戸を潜った。

井戸端では、長屋のおかみさんたちがお喋《しゃべ》りをしていた。

音次郎は駆け寄り、岸田平九郎の家が何処か尋ねた。

おかみさんたちは、木戸の傍の家を指差した。

音次郎は、礼を云って半兵衛と半次の許に戻った。

「此の家か……」

半兵衛は、木戸の傍の家を眺めた。

「はい。声を掛けてみます」

音次郎は、傍の家の腰高障子を叩いた。

「岸田さま、岸田さま……」

音次郎は、腰高障子を叩いて声を掛けた。

だが、家から返事はなかった。

「帰っていないんですかね……」

音次郎は、腰高障子を引いた。

腰高障子は開いた。

「あっ……」

音次郎は、戸惑いを浮かべた。

「うん……」

半兵衛は眉をひそめた。

「旦那……」

半次は、半兵衛に怪訝な眼を向けた。

「血の臭いだ」

半兵衛は、狭く薄暗い家に踏み込んだ。

半次と音次郎が続いた。

着流しの浪人が背中を血に染め、家の隅に俯《うつぶ》せに倒れていた。

「死んでいる……」

半兵衛は、着流しの浪人の生死を見定めた。

「旦那。岸田平九郎です」

音次郎は、着流しの浪人を岸田平九郎だと見定めた。

「うん。どうやら背中を一突きにされたようだな」

半兵衛は、岸田の死体を検めた。

「血の乾き具合から見て明け方ですか……」

半次は読んだ。

「ああ。谷中は慶福寺の賭場から帰って来た処を刺されたのかな……」

半兵衛は睨んだ。

「ええ。どうやら口を封じられたようですね」

半次は、悔しさを滲ませた。

「うむ。きっとな……」

半兵衛は頷いた。

「口封じですか……」

音次郎は戸惑った。

「ああ。おそらく岸田平九郎は、誰かに雇われて金貸し義平と取立屋の清次を斬った。そして、雇った誰かが岸田を殺し、自分の名が出るのを封じた……」

半兵衛は読んだ。

「そうか……」

音次郎は頷いた。

「音次郎、今朝方、岸田の家に出入りした者を見なかったか、おかみさんたちに訊いて来な……」

半次は命じた。

「合点です」

音次郎は出て行った。

「さあて、誰が岸田を殺《や》ったのか……」

半次は、半兵衛の睨みを待った。

「うむ。博奕に現を抜かしている岸田は何れは金に困り、止《と》め処《ど》なく口止め料を要求して来る。そいつを恐れた雇い主が早々に手を打ったって処だな」

半兵衛は読んだ。

「はい。となると……」

半次は眉をひそめた。

「止め処なく口止め料を要求される程、金を持っている者か……」

半兵衛は睨んだ。

「はい。違いますかね……」

「だが、確かな証拠は何もない。此《これ》からだな」

半兵衛は苦笑した。

「ええ……」

半次は頷いた。

「旦那、親分……」

音次郎が戻って来た。

「どうだった……」

「はい。夜明け前、厠に行ったおかみさんが帰って来た岸田平九郎を見ていましたが、その時は岸田は一人だったそうです」

音次郎は報せた。

「一人……」

「ええ……」

「おそらくその時、岸田を殺めた奴は、既に家に潜んで帰りを待っていたか……」

半兵衛は読んだ。

「きっと……」

半次は頷いた。

「よし、音次郎。私と半次は自身番に此の事を報せて金貸し義平の家に行く。お前は自身番の連中が来る迄、仏のお守りをな」

半兵衛は命じた。

「合点です」

音次郎は頷いた。

半兵衛は、半次を従えて金貸し義平の家に急いだ。

神田明神門前町の金貸し義平の家は、廻された板塀の中でひっそりとしていた。

半兵衛と半次は、金貸し義平の家を眺めた。

「流石に人の出入りはないようですね」

半次は告げた。

「いや。そうでもないようだ……」

半兵衛は、板塀の木戸門から出て来た職人を示した。

「何の用で来たんですかね……」

半次は眉をひそめた。

「金を借りに来たのかもしれないな……」

半兵衛は読んだ。

「訊いて来ます」

半次は、職人を追い掛けた。

半兵衛は、板塀を廻した金貸し義平の家を眺めた。

「旦那……」

半次は、直ぐに駆け戻って来た。

「どうだった……」

「そいつが、借金の残りを纏《まと》めて返せと、いきなり云って来たので、文句を云いに来たそうですよ」

半次は報せた。

「纏めて返せだと……」

「ええ。お内儀のおきちが……」

「おきちか……」

「ええ。文句を云ったら相撲取り上がりの下男の与吉に凄まれたそうです」

「本性を現したか……」

半兵衛は苦笑した。

「あっ。白縫さん……」

青山伊織が侍姿でやって来た。

「やあ。伊織さん……」

「何かありましたか……」

伊織は、怪訝な眼を向けた。

「ええ。おぬしも借金の残り、纏めて返せと云われましたか……」

半兵衛は読んだ。

「えっ、ええ。私の留守の間に下男の与吉が組屋敷に来て、夏目家の佐奈にそう言付《ことづ》けて帰ったそうでしてね。約束が違うと……」

伊織は、微かな怒りを過ぎらせた。

「文句を云いに来ましたか……」

「はい……」

伊織は頷いた。

「ならば伊織さん……」

半兵衛は、伊織に笑い掛けた。

青山伊織は、死んだ義平の仕事場である店に通された。

お内儀のおきちは、下男の与吉を従えて伊織の前に座った。

「青山さま、借金の残り、纏めて返しにお見えですかい……」

与吉は、伊織に笑い掛けた。

「いや。纏めて返せないから、義平と月毎の分割払いの約束をしたのだ。それをいきなり纏めて返せと云われても、出来る筈はない」

伊織は、静かに云い返した。

「じゃあ、お家に伝わるお宝か御家人株で払って貰いますか……」

与吉は、狡猾《こうかつ》な笑みを浮かべた。

お内儀のおきちは、薄く笑った。

「そいつは、お内儀のおきちさんも承知の事なのだな」

伊織は、お内儀のおきちに尋ねた。

「はい……」

おきちは、侮《あなど》りと蔑《さげす》みを滲ませた笑顔で頷いた。

「そうか。おきち、今朝方、義平と清次を斬ったと思われる岸田平九郎と申す浪人が本郷の長屋で何者かに刺し殺されたそうでな……」

伊織は、おきちと与吉に笑い掛けた。

「えっ……」

　おきちと与吉は怯《ひる》んだ。

「先程、逢った北町奉行所の白縫半兵衛さんの話では、岸田平九郎の家から逃げる者を見た長屋の者がいて、今、詳しく話を聞いているそうだ」

　伊織は笑った。

「よ、与吉。お前、見られたんだよ……」

　おきちは、嗄れ声を引き攣らせた。

「そ、そんな……」

　与吉は、激しく狼狽《うろた》えて店から駆け出した。

「与吉……」

　おきちは、悲鳴のように叫んだ。

　板塀の木戸門が開き、下男の与吉が駆け出して来た。

　木戸門の脇に潜んでいた半次が、六尺棒《ろくしやくぼう》を振った。

　六尺棒は、与吉の向《む》こう脛《ずね》を打ち払った。

　骨を打つ音が甲高く鳴った。

　与吉は悲鳴を上げ、大きな身体を宙に飛ばして転がり倒れた。

「神妙にしろ、与吉……」

半兵衛と半次が、倒れて踠《もが》く与吉を十手で打ちのめした。

「与吉、手前が岸田平九郎を刺し殺したんだな……」

半次は、十手で与吉の首を絞めながら怒鳴った。

「お内儀さんの云い付けだ。俺はお内儀さんに云われて殺っただけだ。十両貰って岸田を殺っただけです」

与吉は、大きな身体で泣き喚《わめ》いた。

「岸田平九郎はおきちに雇われて義平と清次を斬った。その口封じで岸田を殺ったのだな」

半兵衛は問い質した。

「はい。仰る通りです。すべてはお内儀のおきちの企《たくら》みです」

与吉は、大きく項垂れて白状した。

「よし……」

半兵衛は、木戸門を潜って義平の家に向かった。

半次は、与吉に捕《と》り縄《なわ》を打った。

「邪魔するよ」

　半兵衛は店に入った。

　おきちは、身じろぎもせずに座っていた。

「やあ。白縫さん、仰る通りにしたら与吉が飛び出して行きましたよ」

　伊織は苦笑した。

「ええ。お蔭さまで与吉は何もかも白状しましたよ」

　半兵衛は笑った。

「そいつは良かった」

　伊織は頷いた。

「さあて、おきち、岸田平九郎に義平と清次を斬り殺させ、次は与吉にその岸田を刺し殺させた、そいつはお前の企みだね」

　半兵衛は、おきちを見据えた。

「最初の亭主は怠け者《なまもの》。二度目の亭主は金貸しに似合わない堅物《かたぶつ》。情夫《おとこ》は博奕に現を抜かす金食い虫の紐侍《ひもざむらい》。私って、男運が悪いんですよねえ……」

　おきちは、諦《あきら》めたように己を嘲笑《あざわら》った。

「さあて、果たしてそうかな……」

半兵衛は苦笑した。

吟味方与力の大久保忠左衛門は、内儀のきちを亭主の義平と取立屋清次、浪人の岸田平九郎殺しを企てて命じた罪、下男の与吉を岸田平九郎殺しで死罪に処した。そして、金貸し義平の残した借用証文を証拠品として押収し、借金を有耶無耶《うやむや》にしてしまった。

おきちは艶然《えんぜん》と微笑《ほほえ》み、土壇場《どたんば》に首を差し出した。

「それにしても廻り道をしましたね」

半次は苦笑した。

「うん。金貸しが殺されたとなると、私たちは直ぐに恨みつらみと決め付けて探索をする。思い込みは失敗の元だな」

半兵衛は、苦笑して茶を啜った。

「ええ。金貸しにもいろいろいますか……」

「ああ……」

半兵衛は頷いた。

「処で旦那。御家人の青山伊織さんの事の一切、表沙汰にしなかったそうですね」

「ああ。御家人が日雇いの人足働きをし、金貸しから金を借りていた事が表沙汰になると、何かと拙《まず》いからね」

「何かと拙いですか……」

「評定所《ひょうじょうしょ》のお偉いさん方は、物の値が幾ら上がっても先祖代々の扶持米《ふちまい》の増えない小普請《こぶしん》の貧乏御家人の厳しい暮らしなど分からず、日雇いの人足働きや金貸しからの借金などは武家の恥としか思わないからねえ……」

「ええ。だから……」

「うむ。世の中には我々町奉行所の者が知らん顔をした方が良い事もあるさ……」

半兵衛は笑った。

第三話　手遅れ

一

下谷広小路は、東叡山寛永寺や不忍池弁財天の参拝客で賑《にぎ》わっていた。

半兵衛は、半次や音次郎と市中見廻りの途中、下谷広小路の片隅にある茶店で茶を啜《すす》りながら賑わいを眺《なが》めていた。

賑わいの一方から女の悲鳴が上がり、男の怒声が飛び交い、行き交う人々が慌《あわ》てて退《しりぞ》いた。

「音次郎……」

半次は、音次郎を促《うなが》して騒ぎに向かって走った。

半兵衛は続いた。

野次馬《やじうま》に囲まれた中では、博奕打《ばくちう》ちと浪人たちが刀や匕首《あいくち》を振り廻し、怒声をあげて渡り合っていた。

「止めろ……」

半次と音次郎は、十手《じって》を振《ふ》り翳《かざ》して止めに入った。だが、喧嘩《けんか》は収まらず、博奕打ちの一人が浪人に袈裟懸《けさが》けに斬られ、匕首を握り締めて倒れた。

「おのれ……」

半兵衛は、博奕打ちを斬った浪人を十手で殴り飛ばした。

浪人は、刀を落として倒れた。

「野郎……」

音次郎は、倒れた浪人を十手で殴り、激しく蹴り飛ばし、捕《と》り縄《なわ》を打った。

博奕打ちと浪人たちは、斬られた博奕打ちと捕らえられた浪人を残して逃げた。

「音次郎、その浪人を引き立てろ」

半兵衛は音次郎に命じ、斬られて倒れている博奕打ちの様子を見た。

博奕打ちは胸から血を流し、意識を失っていた。

「医者だ、医者はいるか……」

半次は、野次馬に向かって怒鳴った。

「私は医者だ……」

背の高い総髪《そうはつ》の若い男が、薬籠《やくろう》を手にして野次馬の間から出て来た。

「助かった。此奴《こいつ》の手当てを頼む……」

半兵衛は、血塗《ちまみ》れで倒れている博奕打ちを示した。

「うん……」

総髪の若い医者は、斬られた博奕打ちの傷を検《あらた》め、小さな吐息を洩《も》らした。

「どうした……」

「うん。手遅れだ……」

若い総髪の医者は、軽く云《い》い放った。

「手遅れ……」

半兵衛は、斬られた博奕打ちの顔に微かに死相が浮かんでいるのに気が付いた。

「ああ、刃物を振り廻して他人に迷惑を掛けて死に急いだ奴より、あっちだ……」

若い総髪の医者は、無残に壊《こわ》された七味唐辛子《しちみとうがらし》売りの露店《ろてん》の下に倒れている老《ろう》爺《や》の許に急いだ。

喧嘩に巻き込まれたのか……。

半兵衛は眉をひそめた。

斬られた博奕打ちは絶命した。

「旦那……」

半次は眉をひそめた。

半兵衛は、博奕打ちの死を見定めて手を合わせた。

自身番の者たちが駆け付けて来た。

「父っつあん、しっかりしな……」

若い総髪の医者は、壊れた露店の下に倒れている老爺を抱き起こした。

老爺は、額《ひたい》から血を流して気を失っていた。

若い総髪の医者は、老爺の額の傷を検めて手当てを始めた。

老爺の行商仲間たちは、心配そうに戻って来て見守った。

「大丈夫か……」

半兵衛は、博奕打ちの死体を自身番の者たちに任せ、老爺の傷の手当てをする若い総髪の医者の傍に駆け寄った。

「ああ。死なせるものか……」

若い総髪の医者は、厳しい面持《おももち》で手当てをしながら告げた。

「そうか。そいつは良かった……」

半兵衛は頷《うなず》いた。

まるで違う……。

若い総髪の医者は、斬られた博奕打ちの時とはまるで違う態度で老爺の傷の手当てを始めたのだ。

半兵衛は気が付いた。

若い総髪の医者は、手際良く老爺の額の傷の手当てをした。

僅《わず》かな刻が過ぎた。

「よし。此《これ》で良い……」

若い総髪の医者は、七味唐辛子売りの老爺の傷の手当てを終えた。

「ありがとうございました……」

行商仲間の中年男たちが頭を下げ、口々に礼を述べた。

「いや、礼には及ばん。家に送ってやり、明日からは家の近くの外科医に診《み》て貰うのだな」

「分かりました。家の者にそう伝えます」

「うん……」

若い総髪の医者は頷いた。

「御苦労でした。お陰で助かった」

半兵衛は、若い総髪の医者に礼を述べた。

「いえ。助かって何より……」

若い総髪の医者は笑った。

「私は北町奉行所臨時廻り同心の白縫半兵衛だ……」

「私は町医者の半井《なからい》青洲《せいしゅう》です」

若い総髪の医者は、半井青洲と名乗った。

「半井青洲さんか……」

「はい。では、白縫さん。私は往診《おうしん》がありますので、これにて御免……」

若い総髪の医者半井青洲は、半兵衛に一礼して立ち去った。

半兵衛は見送った。

七味唐辛子売りの老爺は、仲間の行商人たちに連れて行かれ、壊された露店は片付けられた。

下谷広小路の賑わいは、何事もなかったかのように戻っていた。

日本橋川鎧《よろい》ノ渡《わたし》の近く、南茅場町《みなみかやばちよう》に大番屋《おおばんや》はあった。

大番屋の詮議場《せんぎじよう》は薄暗く、微かに血の臭いが漂《ただよ》っていた。そして、壁際には刺股《さすまた》、袖搦《そでがらみ》、突棒《つくぼう》の三道具《みつどうぐ》が飾られ、責め道具の石抱《いしだ》きの石が積まれ、十露盤《そろばん》板《いた》が置かれていた。

半兵衛は、博奕打ちを斬り殺した浪人を詮議場の土間に引《ひ》き据《す》えた。

「して、名前は……」

「島川文五郎《しまかわぶんごろう》……」

「島川、お前が斬った博奕打ちは何処《どこ》の一家の者共だ」

「池之端の弁天《べんてん》一家だ……」

浪人の島川文五郎は告げた。

「池之端の弁天一家……」

半兵衛は眉をひそめた。

「貸元《かしもと》は弁天の菊蔵《きくぞう》だな……」

半次は、弁天の菊蔵を知っていた。

「ああ……」

島川は頷いた。

「ならば何故、弁天一家の博奕打ちたちと争う……」

「仲間の浪人が弁天一家の賭場《とば》で如何様《いかさま》に遭《あ》い、文句を云ったら袋叩《ふくろだた》きにされ、以来出逢うと……」

「所構わず刃物沙汰《はものざた》か……」

「ああ……」

「よし。して、お前の仲間の浪人共は何処にいるのだ……」

半兵衛は、島川文五郎を厳しく見据えた。

無頼《ぶらい》浪人と博奕打ち……。

浪人たちと弁天一家の博奕打ちを放って置けば、馬鹿な刃物沙汰が続き、七味唐辛子売りの老爺のように無関係の者が巻き込まれて大怪我をしたり、死ぬような事もある。

厳しく釘《くぎ》を刺す必要がある……。

半兵衛は、半次や音次郎を従え、先《ま》ずは浪人たちの溜《たま》り場《ば》である湯島天神門前町の場末の潰れた飲み屋に向かった。

湯島天神門前町の場末の飲み屋は、店を閉めたままだった。

音次郎は、飲み屋の腰高障子を叩いた。だが、返事はなかった。

「旦那……」

音次郎は、半兵衛の指示を仰《あお》いだ。

「うん……」

半兵衛は頷いた。

音次郎は、十手を握り締めて腰高障子を開けた。

半兵衛と半次は踏み込んだ。

飲み屋の店内は狭くて薄暗く、隅に浪人が一人倒れていた。

「旦那……」

半兵衛は緊張した。

「うむ……」

半兵衛は、倒れている浪人の様子を窺《うかが》った。

浪人は絶命していた。

「死んでいる……」

半兵衛は見定めた。

「弁天一家の博奕打ちの仕業《しわざ》ですかね」

半次は読んだ。

「かもしれないが、未だ何とも言えないな」

「じゃあ、奥も調べてみます。音次郎……」

半次は音次郎を促し、店の奥の板場を抜けて奥の部屋に向かった。

半兵衛は、死んでいる浪人の身体を検めて死因を探った。

浪人の身体に致命傷はなく、盆《ぼん》の窪《くぼ》に畳針《たたみばり》程の太さの刺し傷があった。

畳針程の太さの針を盆の窪に打ち込まれて殺された。

玄人《くろうと》の仕業だ……。

半兵衛は読んだ。

「旦那……」

奥から音次郎の声がした。

「おう……」

半兵衛は、奥の部屋に向かった。

奥の部屋では、若い浪人が死んでいた。

半兵衛は眉をひそめた。

「死んでいます」

半次は、若い浪人の死体を示した。

「死因は……」

「そいつが身体の何処にも傷はないんです」

半次は、困惑を浮かべた。

「うん。店で死んでいた浪人もそうでね……」

半兵衛は、若い浪人の盆の窪を検めた。

若い浪人の盆の窪に畳針程の太さの刺し傷はなかった。

半兵衛は、若い浪人の着物の胸元を開いた。

心の臓に畳針程の太さの刺し傷があった。

「畳針のような物で心の臓を突き刺されて殺されたようだ……」

半兵衛は見定めた。

「畳針のような物。じゃあ……」

半次は眉をひそめた。

「ああ。殺《や》ったのは弁天一家の博奕打ちじゃあない。殺しの玄人の仕業だ……」

半兵衛は睨《にら》んだ。

「殺しの玄人……」

音次郎は驚いた。

「うむ……」

「浪人共の行状を怒った誰かが、殺しの玄人に始末を頼んだのですかね」

半次は読んだ。

「怒った誰かってのは、七味唐辛子売りの父っつあんのように、喧嘩に巻き込まれて酷《ひど》い目に遭った人ですかね……」

音次郎は読んだ。

「かもしれないな……」

半兵衛は頷いた。

「でしたら弁天一家の奴らも……」

半次は緊張した。

「うん。音次郎、自身番に報《しら》せてから池之端の弁天一家に来い。私と半次は先に行く」

　半兵衛は命じた。

「合点《がってん》です」

　音次郎は、駆け出して行った。

「よし。行くよ……」

　半兵衛と半次は、池之端の弁天一家に急いだ。

　不忍池の畔《ほとり》には、散策を楽しむ人々が行き交っていた。

　半兵衛と半次は、弁天一家に駆け付けた。

　弁天一家には、博奕打ちたちが忙しく出入りしていた。

「何かあったんですかね……」

　半次は、弁天一家を窺った。

「うむ……」

　半兵衛は頷き、弁天一家に向かった。

　半次は続いた。

「邪魔をする」

半兵衛と半次は、弁天一家の土間に踏み込んだ。

土間には誰もいなかった。

「誰かいねえのか……」

半次は怒鳴った。

「只今……」

奥から出て来た三下が、巻羽織の半兵衛と半次を見て僅かに怯《ひる》んだ。

「岡っ引の本湊の半次だ。菊蔵の貸元はいるかい……」

「は、はい……」

「じゃあ、北町奉行所の白縫の旦那がお見えだと伝えてくれ」

半次は告げた。

「旦那、親分。あの……」

三下は困惑した。

「旦那、半次の親分。藤八《とうはち》を刺した野郎、何処の誰か分かったのかい……」

貸元の弁天の菊蔵が、奥から出て来た。

「おう、菊蔵の貸元。藤八を刺した野郎ってのは何だい……」

半次は訊いた。

「半次の親分、旦那、うちの代貸《だいがし》の藤八が刺されたんだぜ」

菊蔵は、腹立たし気に告げた。

「ほう。代貸が刺されたか……」

半兵衛は眉をひそめた。

「ええ。うちに来る途中、不忍池の畔でね」

「刺したのは……」

「そんなのは分からねえ。此の竹松《たけまつ》が、倒れている代貸の藤八を見付けて担《かつ》ぎ込んで来たんだぜ……」

菊蔵は、傍《かたわ》らの三下を示した。

「へい。あっしが倒れている藤八の代貸を見付けて……」

「それで、刺した野郎を捜しに、手下《てか》の博奕打ちたちを走らせてるのか……」

半次は苦笑した。

「して、菊蔵。代貸の藤八は何処だ……」

代貸の藤八は、心の臓を突き刺されて死んでいた。

半兵衛は検めた。

一突《ひとつ》き……。

代貸の藤八は、心の臓を一突きにされて殺された。

他に傷はなく、見事な一突きだった。

「旦那……」

半次は、半兵衛に目顔《めがお》で尋ねた。

玄人の仕業か……。

「ああ、見事な一突きだ」

半兵衛は頷いた。

「旦那、半次の親分。藤八たちは今、湯島天神の潰れた飲み屋に屯《たむろ》している食詰め浪人たちと揉《も》めていてね、殺《や》ったのは……」

「菊蔵……」

半兵衛は制した。

菊蔵は言葉を飲み、戸惑いを浮かべた。

「食詰め浪人共も殺されたよ」

半兵衛は告げた。

「えっ……」

菊蔵は驚いた。

「して、刺された代貸の藤八、医者に診せたのか……」

「は、はい。偶々《たまたま》通り掛かった町医者に……」

三下の竹松は告げた。

「そうか。で、町医者はどんな手当てをしたのかな」

「いえ。町医者は藤八の代貸を診るなり、こいつは手遅れだと……」

三下の竹松は告げた。

「手遅れ……」

半兵衛は眉をひそめた。

「はい。で、手当ては何もせずに帰って行きました」

竹松は告げた。

「旦那……」

半次は、微かな戸惑いを過《よ》ぎらせた。

「ああ。手遅れ。何処かで聞いた言葉だな」

半兵衛は苦笑した。

「はい……」

半次は頷いた。

「竹松、その町医者、名前は……」

「訊きませんでした。でも、薬籠を持っていたので……」

「その町医者、背の高い総髪の若い男だな」

半兵衛は尋ねた。

「は、はい。そうです。背の高い総髪の若い町医者です」

半井青洲だ。

下谷広小路に続き、不忍池の畔にも現れた……。

半兵衛は、微かな違和感を覚えた。

二

湯島天神門前町の潰れた飲み屋に屯していた二人の食詰め浪人と、博奕打ちの代貸が殺された……。

「どうやら、時と場所を選ばず刃物を振り廻して、他人に迷惑を掛ける食詰め浪人と博奕打ちを狙って始末しているようだな」

半兵衛は読んだ。

「旦那、そいつは何処の誰ですかい……」

菊蔵は、怒りを滲《にじ》ませた。

「菊蔵、そいつを気にする前に博奕打ちたちを大人しくさせろ。そいつが一番だ」

半兵衛は苦笑した。

「旦那……」

菊蔵は眉をひそめた。

「菊蔵、相手は玄人。下手《へた》な真似をすれば命取りだ……」

半兵衛は、菊蔵を厳しく見据えた。

半兵衛と半次は、弁天一家から出た。

「旦那、親分……」

音次郎は駆け寄った。

「おう。御苦労だったな……」

半兵衛は労《ねぎら》った。

「はい。弁天一家の代貸も何者かに刺し殺されたんですって……」

「ああ。迷いも躊躇《ためら》いもなく一突きだ。食詰め浪人を殺した奴と同じ玄人だな」

半兵衛は告げた。

「同じ玄人……」

音次郎は眉をひそめた。

「ああ。よし、半次、音次郎、先ずは腹拵《はらごしら》えだ」

半兵衛は笑った。


蕎麦屋《そばや》は賑わっていた。

半兵衛、半次、音次郎は衝立《ついたて》の陰で蕎麦を食べながら酒を飲んだ。

食詰め浪人と弁天一家の博奕打ちは、殺しの玄人に殺された。

何者かが、両者の始末を殺しの玄人に依頼したのだ。

半兵衛は読んだ。

「依頼したのは何処の誰か……」

半次は、眉をひそめて酒を飲んだ。

「自分か身内が食詰め浪人と博奕打ちの争いに巻き込まれ、酷い目に遭った人ですかね」

音次郎は読み、蕎麦を手繰《たぐ》った。

「ま、世間の嫌われ者を始末したいと願う者は大勢いる。依頼した者を洗い出すのは容易じゃあないな」

半兵衛は酒を啜った。

「ええ。もし、殺しの玄人を見付けたとしても、依頼した者の名前を吐《は》くとは限りませんからね」

「うん……」

「ま、殺されたのは世間の嫌われ者。喜ぶ者はいても泣く者はいませんし……」

音次郎は、蕎麦を手繰った。

「だからって、探索に手を抜くような真似はしちゃあならねえ」

半次は、厳しく告げた。

「は、はい。そりゃあもう……」

音次郎は、箸《はし》を置いて畏《かしこ》まった。

「音次郎、殺されたのが誰であろうが、殺しは殺しだよ」

半兵衛は苦笑した。

「はい……」

「ならば半次、音次郎。食詰め浪人共が殺された湯島天神門前町の潰れた飲み屋に出入りした筈《はず》の殺しの玄人を捜すしかあるまい……」

「はい……」

半次と音次郎は頷いた。

「それにしても、気になるのは手遅れ、だな」

半兵衛は、手酌《てじやく》で酒を飲んだ。

「手遅れ、ですか……」

半次は眉をひそめた。

「うん。下谷広小路に池之端、弁天一家の博奕打ちがやられた時に偶々通り掛かり、手遅れと云うだけで、何の手当てもしなかった……」

「そいつが気になりますか……」

「ああ。ひょっとしたら、最初から手当てをする気などなかったのかも……」

「で、手遅れですか……」

半次は読んだ。

「よし。半次と音次郎は殺しの玄人を捜してくれ。私はちょいと町医者の半井青洲を調べてみる」

半兵衛は決めた。


湯島天神門前町の潰れた飲み屋は、静けさに満ちていた。

二人の食詰め浪人の死体は、既に町役人《ちようやくにん》によって片付けられていた。

半次と音次郎は、潰れた飲み屋の周囲に聞き込みを掛けた。

食詰め浪人以外に潰れた飲み屋に出入りをしていた者を捜して……。

だが、食詰め浪人以外に出入りしていた者は、容易に浮かばなかった。

半次と音次郎は、聞き込みを続けた。


町医者の半井青洲……。

半兵衛は、半井青洲の現れた下谷広小路に連なる店に聞き込みを掛け、茶店に落ち着いた。

「町医者の半井青洲先生……」

茶店の亭主は首を捻《ひね》った。

「うん。背が高くて総髪の若い医者だ……」

半兵衛は、茶を啜りながら半井青洲の特徴を告げた。

「旦那、その若いお医者、薬籠を持っていますよね」

「ああ。医者だからね」

「じゃあ、入谷《いりや》のお医者かな……」

亭主は、首を捻った。

「入谷のお医者。入谷に住んでいるのか、半井青洲……」

「いえ、名前は知らないんですけど、背が高くて総髪の若いお医者ですよ」

「うん。直《す》ぐに手遅れだと云う医者だ」

半兵衛は告げた。

「直ぐに手遅れ……。じゃあ、違いますか……」

亭主は苦笑した。

「違う……」

半兵衛は眉をひそめた。

「ええ。入谷のお医者、どんな貧乏人の難しい病でも、薬代も取らずに粘り強く診てくれる名医だそうですから、人違いですね」

「ええ。きっと手遅れなんて云わないお医者ですから、うん……」

亭主は、自分の言葉に頷いた。

「そうか、手遅れなんて云わないか……」

半兵衛は吐息を洩らした。


「人違いか……」

「えっ、見掛けた……」

半次は、笑みを浮かべた。

「ええ。今朝、近くの小料理屋に酒の空《あ》き樽《だる》を集めに来た時、若い男が潰れた飲み屋から出て行くのを見ましたよ」

酒屋の手代は告げた。

「若い男、どんな形《なり》をしていた……」

半次は訊いた。

「背の高い、裁着袴《たっつけばかま》の若い男でしたよ」

「背の高い、裁着袴か……」

「はい……」

「で、その背の高い裁着袴、潰れた飲み屋を出て、どっちに行ったのかな」

「中坂の方に行きましたよ」

手代は、中坂の方を眺めた。

中坂は湯島天神門前町と明神下を結んでいる坂道だった。

半次は、若く背の高い裁着袴の男が通ったと思われる中坂を下り、明神下の通りに出た。

「親分……」

音次郎が、駆け寄って来た。

「おう。何か分かったか……」

「はい。昨夜、神田明神の盛り場《さかば》の居酒屋で、あの殺された二人の食詰め浪人が飲んでいましてね。そいつらの事をそれとなく訊いて廻る奴がいたそうです」

音次郎は、言葉を弾《はず》ませた。

「殺された二人の食詰め浪人の事を訊き廻る奴……」

半次は眉をひそめた。

「はい……」

音次郎は頷いた。

「どんな奴だ……」

「はい。背の高い、裁着袴の若い男だったそうです」

音次郎は報せた。

「やっぱり……」

半次は緊張した。

「やっぱりって、親分……」

音次郎は、半次に怪訝《けげん》な眼を向けた。

「うん。今朝方、酒屋の手代が、潰れた飲み屋から背の高い裁着袴の若い男が出て行くのを見ていたよ」

「じゃあ……」

「ああ。二人の食詰め浪人を殺ったのは、背の高い裁着袴の若い男かもな……」

「はい……」

「よし。背の高い裁着袴の若い男を捜すぜ」

半次と音次郎は、背の高い裁着袴の若い男の足取りを探す事にした。

入谷鬼子母神境内《きしもじんけいだい》の大銀杏《おおいちょう》の梢《こずえ》は、微風《そよかぜ》に葉音を鳴らしていた。

半兵衛は、茶店の亭主に聞いた入谷の若い町医者に逢いに来た。

若い町医者は、患者の病に粘り強く対処するので評判であり、決して手遅れなどとは云わぬ筈だ。

おそらく、半兵衛の捜している若い町医者ではない。

だが、念の為だ……。

半兵衛は、入谷鬼子母神にやって来た。

鬼子母神の境内では、幼子たちが楽し気な声をあげて駆け廻り、隠居《いんきょ》たちが日溜《ひだま》りで居眠りをしていた。

長閑《のどか》だ……。

半兵衛は、眼を細めて大きく背伸びをした。

「よし……」

半兵衛は、背の高い総髪の若い医者、半井青洲を知っている者を捜した。

背の高い総髪の若い医者を知る者はいたが、名前や住まいを知る者はいなかった。

背の高い総髪の若い医者は、鬼子母神境内に現れて近所に病や怪我をした子供や年寄りがいると聞くと、気軽に往診して只《ただ》で治療してやっていた。

薬代を取らずに……。

どうやら、鬼子母神に現れる背の高い若い医者は実在する。

だが、その背の高い若い医者が半井青洲とは限らないのだ。

半兵衛は、訊き込みを続けた。

陽は西に沈み始め、鬼子母神を始めとする入谷の寺の甍《いらか》を輝かせた。


囲炉裏の火は燃えた。

半兵衛、半次、音次郎は、囲炉裏を囲んで酒を飲みながら夕食をした。

「して半次、潰れた飲み屋から出て来た背の高い裁着袴の若い男の足取りを追い、どうなったのだ……」

半兵衛は、湯飲茶碗の酒を啜った。

「そいつが、中坂を下りて明神下の通りから不忍池に出て、下谷広小路に向かったのは分かったのですが、その先が……」

半次は、悔しさを滲ませた。

「足取りは摑《つか》めないか……」

半兵衛は頷いた。

「はい……」

半次は頷き、酒を飲んだ。

「そうか。私の方も半井青洲らしい若い医者が入谷にいると聞き、行ってみたのだが、それらしい医者の評判は聞くのだが、半井青洲かどうかは分からなかった」

半兵衛は酒を飲んだ。

「食詰め浪人と博奕打ち、殺された奴らは世間の嫌われ者。何か知っている人がいたとしても内緒にしているのかもしれませんね」

音次郎は、野菜の煮物を菜《さい》にして飯を食べながら読んだ。

「うむ。そいつはあり得るな……」

半兵衛は頷いた。

囲炉裏の火は燃え、壁に映った半兵衛の影を揺らした。

神田川の流れは、月明かりに煌《きら》めいた。

神田明神門前町の盛り場は賑わっていた。

小料理屋『ひさご』から二人の若侍が現れ、女将《おかみ》が追って現れた。

「お侍さま、お代《だい》を、お代を払って下さい」

女将は、二人の若侍に懇願《こんがん》した。

「煩《うるさ》い。不味《まず》い酒と料理を食わせておいて、何がお代だ」

若侍は怒鳴った。

「ですが、お侍さまたちは、徳利《とつくり》を十本と鱸《すずき》の塩焼きや冷奴《ひややっこ》なんかを……」

女将は必死だった。

「黙れ……」

若侍は、女将を突き飛ばした。

女将は、短い悲鳴を上げて倒れた。

「何をする……」

半井青洲が現れ、倒れた女将を庇《かば》った。

二人の若侍は、嘲笑《ちようしよう》を浮かべて立ち去った。

「怪我はないか……」

「は、はい。大丈夫です……」

女将は、悔し気に立ち上がった。

「奴ら、いつもああなのだな……」

半井青洲は、立ち去って行く二人の若侍を見送りながら訊いた。

「ええ。辻強盗紛《まが》いな事もしているって噂《うわさ》ですよ」

女将は、怒りを込めて吐《は》き棄《す》てた。

「その噂は聞いたが、本当かな……」

半井青洲は、その眼を煌めかせた。

暗い神田八ツ小路では、神田川の流れの音が微かに聞こえていた。

明神下の通りに提灯の明かりが浮かび、神田川に架かる昌平橋に近付いて来た。

不忍池の畔の料理屋からの帰りの者かもしれない……。

明かりは揺れながら近付き、提灯を持った手代風の男と旦那風の男の影を浮かべた。

旦那は、手代の提灯の明かりに足元を照らされて昌平橋に差し掛かった。

旦那と手代は、昌平橋を渡って神田八ツ小路に入った。

刹那《せつな》、昌平橋の袂《たもと》の暗がりから二人の若侍が現れ、旦那と手代の前に立《た》ち塞《ふさ》がって刀を抜いた。

旦那と手代は、恐怖に衝《つ》き上《あ》げられた。

手代は提灯を落とした。

「金を出せ……」

二人の若侍は、旦那と手代の顔に刀を突き付けた。

旦那と手代は、恐怖にしゃがみ込んで激しく震えた。

提灯が燃え始めた。

「早く有り金を出せ……」

「い、命ばかりは、お助け下さい……」

旦那は、声を引《ひ》き攣《つ》らせた。

「だから金だ。金を出せ……」

「は、はい……」

旦那は、懐《ふところ》から財布を出して二人の若侍に差し出した。

二人の若侍は、財布を奪い取って中身を検め、頷き合って旦那と手代に刀を振《ふ》り翳《かざ》した。

旦那と手代は、頭を抱えて眼を瞑《つむ》った。

刹那、黒い人影が飛び込んで来て二人の若侍を蹴り倒し、殴り飛ばした。

二人の若侍は、無様《ぶざま》に倒れて気を失った。

提灯は大きく燃え上がった。

黒い人影の顔は、半井青洲だった。

半井青洲は、若侍から財布を取り戻して旦那に返した。

「あ、ありがとうございます」

旦那は声を震わせた。

「何もかも忘れ、他言は無用……」

半井青洲は命じた。

「は、はい……」

旦那と手代は頷いた。

「行け……」

半井青洲は命じた。

「はい。忝《かたじけの》うございます」

旦那と手代は足早に立ち去った。

半井青洲は見送った。

提灯は燃え尽き、辺りは闇に覆《おお》われた。

半井青洲は、着物の襟元《えりもと》から畳針程の太さの長針を抜き出した。

長針は月光に蒼白く輝いた。

若侍の一人が呻《うめ》き、気が付いた。

半井青洲は、気が付いた若侍の背後に素早く廻り、盆の窪に長針を当てた。

「動くな……」

半井青洲は囁《ささや》いた。

若侍は凍《い》て付《つ》いた。

「動けば死ぬ……」

「た、助けてくれ……」

若侍は、恐怖に声を引き攣らせた。

「お前の名と住まいは……」

「名は榊原恭之介《さかきばらきょうのすけ》、屋敷は小川町《おがわまち》……」

「嘘偽りはないな……」

「ない……」

「ならば、残る者の名は……」

「清水孝太郎《しみずこうたろう》、屋敷はやはり小川町……」

榊原恭之介と名乗った若侍は、激しく声を震わせた。

「榊原恭之介と清水孝太郎、ではな……」

半井青洲は、榊原恭之介の盆の窪に畳針程の太さの長針を打ち込んだ。

榊原恭之介は、息を詰めて僅かに仰《の》け反《ぞ》った。

半井青洲は、長針を一気に押し込んだ。

榊原恭之介は、眼を見開いて絶命した。

翌日。

半兵衛と音次郎は、神田須田町《すだちょう》の自身番に急ぎ、裏手に廻った。

「旦那……」

先行していた半次が、半兵衛を迎えて榊原恭之介と清水孝太郎に掛けられていた筵《むしろ》を捲《めく》った。

榊原恭之介と清水孝太郎の死体が現れた。

半兵衛と音次郎は、手を合わせた。

「二人共盆の窪に畳針程の太さの針を突き刺した痕《あと》があります」

半次は、榊原恭之介と清水孝太郎の盆の窪を示した。

半兵衛は検めた。

二人の盆の窪には、畳針程の太さの針を突き刺した痕があった。

「例の玄人の仕業ですかね……」

「ああ。間違いあるまい」

半兵衛は頷いた。

「白縫さま……」

自身番の店番が、榊原家と清水家の者たちを案内して来た。

「お旗本の榊原さまと清水さま御家中の方々がお見えになりました」

店番は告げた。

「おう……」

半兵衛は、半次や音次郎と身を退いた。

「恭之介さま……」

「孝太郎さま……」

榊原家と清水家の者たちは、恭之介と孝太郎の死体に縋《すが》り付《つ》いた。

半兵衛は見守った。

三

旗本の部屋住みの榊原恭之介と清水孝太郎は、昌平橋の南詰で死体で発見された。

榊原家と清水家の者たちは、早々に恭之介と孝太郎の死体を引き取った。

「危なかったな……」

半兵衛は苦笑した。

「ええ。旗本や御家人は町奉行所の支配違い、死体を引き取られる前に、仏さんの盆の窪を検められて良かったですね」

半次は、安堵《あんど》を浮かべた。

「うむ。殺ったのは玄人に違いないが、殺された榊原恭之介と清水孝太郎、それなりの理由があったのかな……」

「はい。ちょいと聞き込んだ処、強請集《ゆすりたか》り に只酒只飯《ただざけただめし》、辻強盗。若い癖《くせ》にいろいろあるそうですよ」

音次郎は、腹立たし気に告げた。

「そんな奴か……」

榊原恭之介と清水孝太郎は、誰かに恨《うら》みを買っていた。

半兵衛は知った。

「はい。昨夜も神田明神の盛り場の小料理屋で金を払わず揉《も》めたそうですぜ」

「昨夜も……」

半次は眉をひそめた。

「はい……」

「じゃあ、揉めた後に殺しの玄人に始末されたか……」

半兵衛は読んだ。

「そうなると、やはり、誰かが殺しを頼んだって事になりますね」

半次は睨んだ。

「うん。で、音次郎。昨夜、仏さんたちが揉めた神田明神の小料理屋ってのは何処の何て店だ」

ひょっとしたら、その小料理屋には殺しの玄人もいたのかもしれない……。

半兵衛は、仏たちが無銭飲食をした小料理屋に行ってみる事にした。

神田明神門前町の盛り場は、遅い朝を迎えていた。

小料理屋『ひさご』。

「此処《ここ》ですね……」

音次郎は、小さな小料理屋を半兵衛と半次に示した。

「此処か……」

半兵衛は、小料理屋『ひさご』を眺めた。

小料理屋『ひさご』は、格子戸《こうしど》を開けて店内の掃除を始めていた。

「よし。御免、邪魔をする……」

半兵衛は、小料理屋『ひさご』に入った。

「あら、旦那、お店は未《ま》だなんですよ」

辺りの拭《ふ》き掃除をしていた女将が振り返った。

「いや。ちょいと訊きたい事があってね」

半兵衛は笑い掛けた。

「ええ。旗本の倅の榊原恭之介と清水孝太郎、昨夜、うちでお酒や料理を食い逃げしたんですよ」

女将は、腹立たし気に告げた。

「食い逃げ……」

音次郎は呆《あき》れた。

「ええ。散々飲み食いした癖に、不味いから金は払わないなんて云い出して……」

「それで、食い逃げか……」

半兵衛は苦笑した。

「ええ……」

「で、どうした……」

半次は尋ねた。

「追い掛けて、お代を払ってくれと頼みましたよ。そうしたら、私を突き飛ばしましてね」

女将は告げた。

「突き飛ばした……」

半次は眉をひそめた。

「ええ。で、次は蹴飛ばされるって眼を瞑った時、若いお侍さんが止めに入ってくれましてね」

女将は、小さく笑った。

「若いお侍……」

半次は眉をひそめた。

「ええ……」

「その若い侍、どんな風だったかな……」

半兵衛は尋ねた。

「どんなって、背が高くて総髪で……」

おかみは、首を捻りながら思い出した。

「旦那……」

半次は緊張した。

「うん。背が高くて総髪で……」

半兵衛は、女将の次の言葉を待った。

「うん。確か裁着袴を着た若いお侍さんでしたよ」

女将は頷いた。

「そうか。背が高い総髪で裁着袴の若い侍か……」

半兵衛は頷いた。

「ええ……」

「して、その若い侍、どうしたのかな……」

「榊原恭之介と清水孝太郎はいつも食い逃げ飲み逃げをするのかと訊かれたんで、そうだって云ったら呆れていましたよ」

女将は苦笑した。

「そうか。して、その若い侍、何処の誰か知っているかな……」

「いいえ。初めてのお客さんでしたから。どうかしたんですか、その若いお侍さん……」

女将は、心配そうに尋ねた。

「いや。どうかしたのは、榊原恭之介と清水孝太郎の方でね」

「あら、あの二人、罰《ばち》でも当たったんですか……」

「ああ。大当たりだ。榊原恭之介と清水孝太郎、昨夜、殺されたよ」

「殺された……」

女将は驚き、言葉を失った。

「旦那……」

半次は眉をひそめた。

「ああ。どうやら町医者の半井青洲が殺しの玄人のようだね」

半兵衛は、厳しい面持ちで読んだ。

「ええ……」

半次は、喉《のど》を鳴らして頷いた。

「野郎、何が手遅れだ。惚《とぼ》けやがって……」

音次郎は腹を立てた。

「よし。半次と音次郎は、榊原と清水の昨夜の足取りを追ってみてくれ。私は入谷に行って捜してみる」

半兵衛は決めた。


白昼、町中で白刃《はくじん》を振るって町の者に迷惑を掛ける食詰め浪人と博奕打ちたち……。

無銭飲食を繰り返し、辻強盗紛いの悪事を働く旗本の倅たち……。

殺された者は、揃《そろ》って町の迷惑者だ。

音次郎の言い草ではないが、殺されて喜ぶ者はいても泣く者は僅かだ。

だが、迷惑者の悪党でも人は人だ。殺されても良い訳はない。

堅気ならともかく、玄人の殺る事に知らん顔は決め込めない……。

半兵衛は、吐息混じりに入谷鬼子母神の境内を見廻した。

境内に遊ぶ幼子はいなく、隅に茅葺《かやぶ》きの小さな茶店があった。

半兵衛は、茶店の縁台《えんだい》に腰掛け、老亭主に茶を頼んだ。

「お待たせ致しました……」

老亭主は、半兵衛に茶を持って来た。

「うん……」

半兵衛は茶を啜った。

「やあ。お茶を貰えますか……」

散歩の途中の隠居がやって来て、老亭主に茶を頼んだ。

「こりゃあ御隠居さん、病の方は、もう良いんですか……」

老亭主は、笑顔で迎えた。

「ああ。お蔭さまで、漸《ようや》くね……」

隠居は、半兵衛に会釈をして隣に腰掛けた。

「良かったですね、治って。お茶、直ぐにお持ちしますよ」

老亭主は、奥の茶汲場《ちゃくみば》に向かった。

「病だったのか……」

半兵衛は、隠居に尋ねた。

「はい……」

隠居は頷いた。

「何の病かな……」

「それが、お医者の見立てじゃあ、胃の腑《ふ》が荒れたそうでして……」

「ほう。胃の腑の荒れか……」

「はい。で、胃の腑がきりきりきいと痛みましてね。それはもう、酷い目に遭いましたよ」

隠居は顔を歪《ゆが》めた。

「そいつは気の毒に。それにしても、良く治ったな」

「はい。お医者に酒や甘い物を止められ、お粥《かゆ》と味の薄い煮込み野菜だけを食べ、煎《せん》じ薬《ぐすり》を飲み続けて半年。お蔭さまで、どうにか良くなりましたよ」

隠居は苦笑した。

「おまちどおさま……」

老亭主が、隠居に茶を持って来た。

「ああ。待ち兼ねた……」

隠居は、茶を受け取って飲んだ。

「ああ。美味《うま》い……」

隠居は、嬉《うれ》し気に笑った。

「それにしても、良く我慢をして養生《ようじよう》したな」

半兵衛は誉めた。

「そりゃあもう、お医者が粘り強くて厳しくて、酒を飲んで好きな物ばかり食べていると手遅れになると云いましてねえ」

「手遅れ……」

半兵衛は眉をひそめた。

「ええ……」

隠居は、美味そうに茶を飲んだ。

「そのお医者、どんなお医者だ……」

「若いお医者でしてね。半井青洲さんってお医者ですよ」

隠居は告げた。

「半井青洲……」

半兵衛は、不意に出て来た半井青洲の名に思わず狼狽《うろた》えた。

「ええ……」

隠居は頷いた。

「そいつは、背が高くて総髪で裁着袴のお医者かな……」

半兵衛は、厳しさを滲ませた。

「は、はい……」

隠居は、半兵衛の様子に微かに怯んだ。

「そうか、半井青洲か。その半井青洲、家は何処かな……」

半兵衛は訊いた。

「はい。それが、お医者の癖に恵宝寺《けいほうじ》ってお寺の家作《かさく》に住んでいるんですよ」

隠居は苦笑した。

「恵宝寺……」

「はい。手遅れで弔《とむら》いになっても役に立つ町医者だと笑っていましてね」

「そいつは面白いお医者だね」

半兵衛は苦笑した。

「ええ……」

「その半井青洲、いつから入谷にいるのかな」

「そうですねえ、二年位前からかな……」

隠居は、茶店の老亭主に訊いた。

「ええ。往診が主のお医者でしてね。昼でも夜でも出歩いていて、此の辺りの者は余り知らないかもしれませんね」

老亭主は頷いた。

「そうか……」

半兵衛は、恵宝寺に行ってみる事にした。

半次と音次郎は、殺された旗本の倅の榊原恭之介と清水孝太郎の足取りを追った。

榊原と清水は、神田明神門前町の小料理屋『ひさご』で無銭飲食をする迄《まで》、不忍池の畔にある寺の賭場で博奕を打っていた。

半次と音次郎は、賭場の三下に聞き込みを掛けた。

「で、榊原と清水、負け続けたんだな」

音次郎は訊いた。

「はい。直ぐにすってんてんになりましてね。貸元に金を借りようとしたんですが、相手にされず、帰って行きましたよ」

三下は嘲笑した。

「その時、背が高くて総髪で裁着袴の若い男は来ちゃあいなかったかな」

半次は尋ねた。

「いましたよ。背の高い裁着袴の若い奴……」

三下は頷いた。

「いたか……」

「ええ。榊原と清水が帰った後、いつの間にかいなくなっていましたがね」

三下は首を捻った。

「親分……」

音次郎は眉をひそめた。

「ああ。半井青洲、此処から榊原と清水を尾行廻《つけまわ》していたんだな」

「ええ。で、榊原と清水、小料理屋のひさごに行ったんですかね……」

音次郎は読んだ。

「きっとな。そして、半井青洲は尾行た……」

半次は睨んだ。

恵宝寺は入谷の外れにあり、法海《ほうかい》と云う初老の住職《じゅうしょく》と千吉《せんきち》と云う寺男《てらおとこ》が住んでいた。

半兵衛は、恵宝寺を窺った。

恵宝寺は古く小さな寺だが、境内は綺麗に掃除されており、本堂から住職の法海の読む経《きょう》が響いていた。

半兵衛は、恵宝寺の裏手に廻った。

古い土塀沿いを進むと裏門があり、裏庭に小さな家作があった。

此処が半井青洲の塒《ねぐら》か……。

半兵衛は、裏庭に入って小さな家作の様子を窺った。

家作の腰高障子と雨戸は閉められ、静けさに覆われていた。

出掛けているのか……。

半兵衛は、雨戸に近付いて家の中に人の気配を窺った。

家の中からは、人の声も物音も聞こえなかった。

よし……。
半兵衛は、家作の閉められた雨戸を叩いた。
家の中から返事はなかった。
やはり、留守なのか……。
半兵衛は見定め、雨戸を開けようとした。
雨戸には猿《さる》が掛けられており、開く事はなかった。
本堂から響いていた経は終わった。
半兵衛は、小さな家作を離れ、裏門から表に急いだ。

僅かな刻が過ぎた。
半兵衛は、恵宝寺の山門の陰から境内を窺っていた。
庫裏《くり》の腰高障子が開いた。
半兵衛は、身を潜めた。
禿《は》げ頭の初老の男が、十徳《じっとく》姿で出て来た。
住職の法海……。
半兵衛は睨んだ。

中年の寺男が、塗笠を持って庫裏から出て来た。
寺男の千吉だ……。
法海は、千吉から塗笠を受け取り、目深《まぶか》に被りながら山門に向かった。
半兵衛は、山門から素早く離れた。
法海は、千吉に見送られて恵宝寺の山門を出て田畑の間の道に向かった。
千吉は、法海を見送って庫裏に戻った。
坊主が塗笠に十徳姿で何処に行く……。
半兵衛は、木陰を出て法海を追った。

入谷の田畑の間の道を東に進むと、浅草の金龍山浅草寺《きんりゆうざんせんそうじ》の横手に出る。
法海は、塗笠を目深に被って田畑の間の道を進んだ。
半兵衛は、充分な間隔を取って尾行た。
塗笠を目深に被った法海は、田畑の中の三叉路《さんさろ》を南に曲がった。
行き先は浅草じゃあない……。
半兵衛は気が付いた。
法海は、新寺町《しんてらまち》に向かっている。

風が吹き抜け、田畑の緑は大きく揺れた。

神田川沿いの柳原通りは、両国広小路と神田八ツ小路を結んでいる。

半次と音次郎は、旗本の倅の榊原恭之介と清水孝太郎の足取りを追った。

榊原恭之介と清水孝太郎は、小料理屋『ひさご』で食い逃げをして昌平橋にやって来た。そして、昌平橋の袂で尾行廻して来た半井青洲に殺された。

半次と音次郎は、昌平橋界隈《かいわい》で聞き込みを掛けた。

昌平橋の南詰には、丹波《たんば》国篠山《ささやま》藩と備後《びんご》国福山《ふくやま》藩の江戸上屋敷がある。

半次と音次郎は、両江戸上屋敷の中間《ちゅうげん》に聞き込みを掛けた。

「ああ。悲鳴のような声が微かに聞こえたんで潜り戸の覗き窓を覗いたら、昌平橋の袂から背の高い男が柳原通りの方に行きましたよ」

篠山藩江戸上屋敷の中間は、多くの人が行き交っている昌平橋を眺めた。

「親分。半井青洲、どうやら柳原通りに行ったようですね」

音次郎は睨んだ。

「うむ。よし、柳原通りだ……」

半次と音次郎は、篠山藩の中間に礼を述べて柳原通りに急いだ。

半次と音次郎は、柳原通りを両国に進みながら夜遅い仕事に就《つ》いている者たちを捜した。

「親分……」

音次郎は、柳原通りにある柳森《やなぎもり》稲荷の鳥居の脇に座っている物乞《ものご》いを示した。

「訊いてみるか……」

「ええ、じゃあ……」

音次郎は、柳森稲荷の鳥居脇で物乞いをしている老爺の許に進んだ。

半次は続いた。

柳森稲荷の鳥居前の空き地には、七味唐辛子売り、古道具屋、古着屋などの露《ろ》店《てん》が並び、参拝客たちが冷やかしていた。

風が吹き、古着屋に吊るされた色とりどりの古着が揺れた。

塗笠に十徳姿の法海は、新寺町の寺の連なりを抜け、浅草阿部川町《あべかわちょう》に進んだ。

半兵衛は尾行た。

浅草阿部川町に葉茶屋《はぢやや》『香茶堂《こうちやどう》』があった。

葉茶屋とは、挽茶《ひきちゃ》、葉茶《はちゃ》、番茶《ばんちゃ》などを各地から取り寄せて小売りをする店だ。

法海は、葉茶屋『香茶堂』に向かった。

葉茶屋『香茶堂』の店内では、番頭や手代が客に見本の茶を味見させていた。

「邪魔をしますよ」

法海は、葉茶屋『香茶堂』の暖簾《のれん》を潜った。

「此は此は、どうぞお上がり下さい」

番頭は、法海を店の奥に誘《いざな》った。

半兵衛は、葉茶屋『香茶堂』の表から見送った。

番頭は法海が何者か知っている……。

そして、法海は葉茶屋『香茶堂』に何の用があるのか……。

半兵衛は、葉茶屋『香茶堂』を眺めた。

四半刻が過ぎた。

法海は、番頭に見送られて葉茶屋『香茶堂』から出て来た。そして、番頭と挨拶を交わして三味線堀《しゃみせんぼり》に向かった。

半兵衛は追った。

四

三味線堀には枯葉が舞い散り、幾つもの小さな波紋を重ねていた。

法海は、下谷七軒町《しちけんちよう》の通りを抜け、出羽国《でわ》久保田《くぼた》藩江戸上屋敷の表門前の向柳原の通りに曲がった。

半兵衛は尾行た。

法海は、向柳原の通りを進み、久保田藩江戸屋敷の向かい側の三味線堀に架かっている小橋に向かった。

小橋の袂には、背の高い総髪の男が佇《たたず》んでいた。

半井青洲……。

半兵衛は気が付き、素早く物陰に入った。

小橋の袂に佇む男は、薬籠を提《さ》げた半井青洲だった。

漸《ようや》く見付けた……。

半兵衛は見守った。

半井青洲と法海は短く言葉を交わし、向柳原の通りを進み、直ぐに裏通りに曲がった。

半兵衛は尾行た。
法海と半井青洲は、裏通りに連なる武家屋敷街を進んだ。
何処に行く……。
半兵衛は追った。
法海と半井青洲は、或る旗本屋敷の前で立ち止まった。
半兵衛は、素早く物陰に入って見守った。
法海と半井青洲は、旗本屋敷を窺った。
半井青洲は、旗本屋敷を窺いながら法海に何事かを尋ねていた。
誰の屋敷で何をしようとしているのか……。
半兵衛は見守った。
僅かな刻が過ぎた。
半井青洲と法海は、旗本屋敷の前から素早く離れた。
どうした……。
半兵衛は眉をひそめた。
旗本屋敷の潜り戸が開き、着流しの若い旗本が下男に見送られて出て来た。

若い旗本は、裏通りを御徒町に向かった。

半井青洲と法海は、若い旗本を追って御徒町に進んだ。

半兵衛は読み、若い旗本に用がありそうだ。

半兵衛は読み、若い旗本を尾行る半井青洲と法海を追った。


御徒町、下谷練塀小路、御成街道……。

若い旗本は組屋敷街を横切り、明神下の通りに進んだ。

半井青洲と法海は、若い旗本を尾行した。

半兵衛は続いた。

「旦那……」

半次と音次郎が駆け寄って来た。

「おう……」

助かった……。

半兵衛は、駆け寄って来る半次と音次郎に安堵を浮かべた。

「榊原と清水を斬ってからの半井青洲の足取り、中々《なかなか》摑めませんでしてね……」

半次は、腹立たし気に告げた。

「半次、音次郎、あの十徳と一緒に行く背の高い侍、半井青洲だ」

半兵衛は告げた。

「えっ……」

半次と音次郎は、先を行く半井青洲を見た。

「うむ。埘は入谷恵宝寺の家作でな。住職の法海を追って来たら三味線堀で半井青洲と落ち合った……」

半兵衛は、半井青洲と法海が着流しの若い旗本を尾行ている事を告げた。

「じゃあ、半井青洲と法海の前に着流しの旗本がいるんですね」

半次は眉をひそめた。

「うむ……」

「分かりました。あっしと音次郎が追います。旦那は下がって下さい……」

「そうしてくれ……」

半兵衛は頷き、足取りを緩《ゆる》めた。

「音次郎……」

半次が促した。

「はい……」

音次郎は、半井青洲と法海を尾行た。

「旦那、尾行られている着流しの若い旗本ってのは……」

「三味線堀近くの屋敷に住んでいてな。半井青洲と法海が何故に尾行るのかは、これからだ……」

半兵衛は眉をひそめた。

着流しの若い旗本は、明神下の通りから神田明神門前町に入った。

半井青洲と法海は追った。

音次郎と半次が尾行て、半兵衛は続いた。

着流しの若い旗本は、門前町の外れにある剣術道場に入った。

「此処か……」

半井青洲は、古くて軒の傾いた剣術道場を眺めた。

「ああ。よし、今入った土屋蔵人《つちやくらんど》の他に何人いるのか、探ってみるか……」

「うむ……」

法海は、半井青洲を剣術道場の見張りに残して聞き込みに廻った。

音次郎は、物陰から見張った。

「よし。俺は法海を追う……」

半次は、音次郎を残して法海を追った。

「どうした……」

半兵衛が、音次郎の許に駆け寄って来た。

「着流しの旗本が此の道場に入り、法海が半井青洲と別れたので親分が追いました」

音次郎は報せた。

「そうか、剣術の町道場か……」

半兵衛は、古い剣術道場を見廻し、半井青洲を窺った。

法海は、連なる店の者に聞き込みを掛けた。

「ああ。あそこは潰れた剣術道場でね、今は二、三人の食詰め浪人が塒にしているんですよ」

荒物屋《あらものや》の亭主は、迷惑そうに告げた。

「二、三人の食詰め浪人ですか……」

「ええ。他にも人相《にんそう》の悪い奴らが出入りしていましてね。女を連れ込んだり、大《おお》店《だな》の若旦那を閉じ込めて強請を掛けたり、酷い真似をしているって話ですぜ」

荒物屋の亭主は、腹立たしげに告げた。

「成《な》る程《ほど》、酷い奴らだな……」

法海は、荒物屋の亭主に礼を云って店を離れた。

「旦那……」

半次は、荒物屋の亭主に駆け寄って懐の十手を見せた。

「こりゃあ親分さん……」

荒物屋の亭主は、戸惑いを浮かべて迎えた。

「今の十徳の旦那、何を訊きに来たんですかい……」

半次は訊いた。


法海は、剣術道場を見張る半井青洲の許に戻って来た。

半兵衛と音次郎は見守った。

法海と半井青洲は、何事か言葉を交わして剣術道場から離れた。

「旦那……」

音次郎は緊張した。

「うむ。追うよ……」

半兵衛は命じた。

「はい……」

音次郎は、半井青洲と法海を追った。

「半兵衛の旦那……」

半次が戻って来た。

「法海、剣術道場に屯している浪人の人数なんかを調べていますぜ」

「そうか……」

「半井青洲と法海、動いたようですね」

「うん。私は音次郎と追う。半次は着流しの旗本を頼む」

「心得ました」

半兵衛は、半次を残して音次郎と追った。

入谷恵宝寺は夕陽に照らされた。

法海と半井青洲は、神田明神門前町から入谷恵宝寺に戻った。

半兵衛と音次郎は見届けた。

半井青洲と法海は、三味線堀の着流しの旗本の動きを探っているのだ。

それは、三味線堀の着流しの旗本を始末する為なのか……。

半兵衛は読んだ。

ならば、着流しの旗本は、何らかの悪事を働いているのかもしれない。

その悪事には、法海が立ち寄った浅草阿部川町の葉茶屋『香茶堂』と拘《かか》わりがある……。

半兵衛は睨み、音次郎を半井青洲の見張りに残し、浅草阿部川町に向かった。

神田明神門前町の盛り場は、日暮れと共に賑わった。

着流しの旗本は、食詰め浪人たちと居酒屋に出掛け、酒を飲み始めた。

半次は、着流しの旗本と食詰め浪人たちの近くに座り、酒を飲みながら話を盗み聞きした。

着流しの旗本の名は土屋蔵人……。

半次は、盗み聞きした話から着流しの旗本が土屋蔵人と云う名だと知った。そして、土屋蔵人と食詰め浪人たちが、大店の弱味を握って強請を掛けているのを知った。

浅草阿部川町の葉茶屋『香茶堂』は、大戸を閉めて静けさに覆われていた。

半兵衛は、葉茶屋『香茶堂』を眺め、阿部川町の自身番に向かった。


「どうぞ……」

自身番の店番は、框《かまち》に腰掛けた半兵衛に茶を差し出した。

「やあ。造作を掛けるね」

半兵衛は、礼を云って茶を啜った。

「いえ。で、葉茶屋の香茶堂ですか……」

店番は眉をひそめた。

「うん。近頃、何か変わった事はなかったかな……」

「変わった事ですか……」

「主一家の者が、誰かを恨みたくなるような酷い目に遭ったとか……」

半兵衛は誘った。

「さあ、そのような事は聞きませんが、香茶堂には十七歳になるお嬢さんがいらっしゃいまして、そのお嬢さん、何でも重い病に罹《かか》って寝込んでしまったとか、お気の毒に……」

店番は、同情を過《よ》ぎらせた。

「ほう、重い病ねえ……」

重い病に坊主の法海は早過ぎる。寧《むし》ろ医者の半井青洲の出番だ。一件には十七歳の娘が絡《から》んでいる……。

半兵衛の勘が囁いた。

囲炉裏に焼《く》べられた粗朶《そだ》が燃え始めた。

「土屋蔵人か……」

半兵衛は眉をひそめた。

「ええ。食詰め浪人たちといろいろ悪事を働いているようです。半井青洲はそいつに絡んで旗本の土屋蔵人の始末を企んでいるのかも……」

半次は報せた。

「半次、その一件に浅草阿部川町の葉茶屋の娘が絡んでいるかもしれない……」

「葉茶屋の娘ですか……」

半次は眉をひそめた。

「うむ……」

「旦那、土屋蔵人、大店の娘を騙《だま》して手籠《てご》めにし、世間に知られたくなければ金を出せと娘の父親に強請を掛け、金蔓《かねづる》にするんだと得意気に話していましたぜ」

半次は、厳しさを滲ませた。

「半次、その金蔓にされそうな大店、ひょっとしたら葉茶屋の香茶堂かもしれないな……」

半兵衛は睨んだ。

囲炉裏の火は燃え上がった。


入谷恵宝寺には、住職法海の読経《どきよう》が響いていた。

音次郎は、物陰から恵宝寺を見張っていた。

「半井青洲、家作にいるようだな」

半兵衛が現れた。

「はい。旦那、何か分かりましたか……」

「うむ。半井青洲の次の獲物はどうやら旗本の土屋蔵人だ」

半兵衛は告げた。

「旗本の土屋蔵人……」

「ああ。音次郎……」

半兵衛は、恵宝寺の山門を示した。

半井青洲が現れ、下谷に向かった。

「追います」

音次郎は、半井青洲を追った。

半兵衛は続いた。

三味線堀は大名旗本の屋敷に囲まれている。

半次は、旗本家の下男に金を握らせて表門内に入れて貰い、向かい側の土屋蔵人の屋敷を見張った。

「土屋さま、奥方はいないのかい……」

半次は、下男に訊いた。

「いたんだけど、三年前、病で亡くなったよ」

下男は眉をひそめた。

「病、何の病かな……」

「噂じゃあ、手討《てう》ちって病だそうだぜ」

「手討ち……」

「ああ。土屋蔵人、奥方さまに厳しく意見され、かっとなってね。だから、何年経っても後添《のちぞ》えが来る事もねえ」

下男は、蔑《さげす》みと侮《あなど》りの笑みを浮かべた。

「評判悪いな、土屋蔵人さま……」

半次は苦笑した。

「そりゃあ、もう。おっ……」

下男は、表門脇の潜り戸の覗き窓から外を見て微かな声を洩らした。

半次は、慌てて覗き窓から外を見た。

土屋屋敷の表門前に、半井青洲が薬籠を手にして佇んでいた。

半井青洲……。

半次は、覗き窓から半井青洲を見張った。

半兵衛と音次郎は、土塀の陰から土屋屋敷の表門前に佇む半井青洲を見張った。

「土屋蔵人が出掛けるのを待っているんですかね……」

音次郎は読んだ。

「きっとな……」

半兵衛は頷いた。

半井青洲は、素早く隣の旗本屋敷の表門前に進んだ。

土屋蔵人が土屋屋敷から現れ、御徒町に向かった。

半井青洲が隣の旗本屋敷の門前から現れ、土屋蔵人を尾行《つけ》た。

半兵衛と音次郎は追った。

「旦那、音次郎……」

半次が、向かい側の旗本屋敷から現れた。

「おう……」

半兵衛、半次、音次郎は、土屋蔵人を尾行る半井青洲を追った。

「さあて、半井青洲、何処で仕掛けるか……」

半兵衛は苦笑した。

御徒町組屋敷街に行き交う者は少なく、行商人の売り声が長閑に響いていた。

土屋蔵人は、下谷練塀小路を横切って御成街道に向かった。

「あっ、もし……」

背後から男の声がした。

土屋蔵人は立ち止まり、振り返った。

「やあ……」

半井青洲が薬籠を手にし、土屋蔵人に足早に近寄った。

「旦那、親分……」

音次郎は、駆け出そうとした。

「待ちな、音次郎……」

半兵衛は止めた。

「私に何か用か……」

土屋蔵人は、戸惑いを浮かべた。

「私は町医者だが、おぬし、どうした。顔色が悪いぞ……」

半井青洲は、土屋蔵人の顔を心配そうに覗き込んだ。

「うん……」

土屋蔵人は眉をひそめた。

刹那、半井青洲は土屋蔵人の脾腹《ひばら》に拳《こぶし》を叩き込んだ。

土屋蔵人は、前のめりに崩れた。

次の瞬間、半井青洲は長針を土屋蔵人の盆の窪に打ち込み、突き刺した。

土屋蔵人は、そのまま地面に崩れ落ち、声も立てずに絶命した。

「どうされた。もし、もし……」

半井青洲は、土屋蔵人を仰向けに寝かせた。

「しっかりしろ……」

半井青洲は、土屋蔵人を診察した。

「どうした……」

半兵衛、半次、音次郎は、通り掛かった者たちと駆け付けた。

「私は町医者だが、急に倒れてな……」

半井青洲は、土屋蔵人の様子を診た。

「手遅れか……」

半兵衛は尋ねた。
「えっ……」
半井青洲は、己の台詞《せりふ》を取られて戸惑った。
「盆の窪に見事な一刺し、確《しか》と見せて貰った」
半兵衛は苦笑した。
半井青洲は、半兵衛に長針を放った。
煌めきが飛んだ。
半兵衛は、体勢を崩しながら咄嗟《とっさ》に躱《かわ》した。
半井青洲は脇差《わきざし》を抜き、体勢を崩した半兵衛に襲い掛かった。
半兵衛は、体勢を崩しながらも抜き打ちの一刀を放った。
閃光が走った。
半井青洲は凍《い》て付《つ》き、胸元から血を流してゆっくりと倒れた。
半兵衛は、倒れた半井青洲を窺った。
半井青洲は絶命していた。
半兵衛は見定め、小さな吐息を洩らして刀に拭《ぬぐ》いを掛けた。

半兵衛は、半次、音次郎を従えて入谷恵宝寺に赴《おもむ》き、住職法海を偽坊主の始末屋として捕らえた。そして、殺された土屋蔵人の仲間の食詰め浪人たちを強請の罪でお縄にした。

北町奉行所吟味方与力の大久保忠左衛門は、町医者半井青洲と偽坊主の法海が金で人殺しを請負う始末屋であり、殺された者たちが堅気を苦しめた悪党だと知り、一件を無頼の者たちの殺し合いとして裁いた。

法海は死罪となり、土屋蔵人の仲間の食詰め浪人たちは遠島《えんとう》の刑に処された。

「それで旦那、半井青洲に土屋蔵人の始末を頼んだ香茶堂の旦那はどうします」

半次は眉をひそめた。

「そいつを公《おおやけ》にすれば、娘が土屋蔵人に手籠めにされた事が世間に知れ、私が土屋蔵人を殺す半井青洲を止めず、手遅れにした訳が露見しちまう。そいつは拙《まず》い……」

半兵衛は、悪戯《いたずら》っ児《こ》のように笑った。

「じゃあ、知らん顔をしますか……」

半次は苦笑した。
「ああ……」
半兵衛は頷いた。
葉茶屋『香茶堂』の娘の病は治った。
手遅れでも、時には治る病はある……。
半兵衛は笑った。

第四話　お守り

一

「お呼びですか……」

半兵衛は、用部屋で文机《ふづくえ》に向かって書き物をしている吟味方与力大久保忠左衛門の後ろ姿に戸口から声を掛けた。

「おお、来たか。ま、入ってくれ」

忠左衛門は、振り向きもせずに告げた。

「はい……」

半兵衛は、忠左衛門のいる用部屋に入った。

「済まぬな、半兵衛。忙しい処《ところ》を……」

忠左衛門は筆を置き、半兵衛を振り返った。

「いえ。して、御用とは……」

「うむ。それなのだが、半兵衛。盗人《ぬすっと》を一人、捜して貰いたい……」

忠左衛門は、筋張《すじば》った細い首を伸ばした。

「盗人……」

半兵衛は、戸惑いを浮かべた。

「うむ。その盗人、どうも儂《わし》と昵懇《じっこん》の仲だと言《い》い触《ふ》らしておるようなのだ」

「ほう。大久保さまと昵懇の仲の盗人……」

半兵衛に悪い予感が過《よ》ぎった。

「左様《さよう》……」

「いるのですか……」

忠左衛門は、隙間風《すきまかぜ》の五郎八《ごろはち》が盗人とは知らずに意気投合している仲だ。

半兵衛は、探りを入れた。

「半兵衛。儂と昵懇の仲の盗人など、いる筈《はず》がない」

忠左衛門は、嗄《しゃが》れ声を引《ひ》き攣《つ》らせた。

「そりゃあ、そうですね」

五郎八の素性《すじょう》は知られていない……。

半兵衛は、微《かす》かに安堵《あんど》して苦笑した。

「うむ。北町奉行所の吟味方与力が盗人と昵懇の仲とは冗談ではない。此《こ》の大久保忠左衛門の沽券《こけん》に関わる一大事。儂を誹謗中傷《ひぼうちゅうしょう》して評判を落とし、失脚させようと企んでおるのかもしれぬ」

忠左衛門は、細い首の筋を引き攣らせた。

「成《な》る程《ほど》。して、大久保さま。その盗人の名は御存知なのですか……」

忠左衛門の身辺に隙間風の五郎八以外の盗人がいるのか……。

半兵衛は眉をひそめた。

「うむ。何でも隙間風の何とかと申す盗人らしい……」

「えっ……」

半兵衛は、不意を突かれたように微かに狼狽《うろた》えた。

「隙間風だ……」

忠左衛門は、苛立《いらだ》たし気に告げた。

「は、はい。隙間風ですか……」

やはり、忠左衛門と昵懇の仲の盗人は、隙間風の五郎八なのだ。

半兵衛は知った。

盗人の隙間風の五郎八は、何を血迷って忠左衛門と昵懇の仲などと言い触らしているのか……。

半兵衛は首を捻《ひね》った。

「して、捜してくれるか、半兵衛……」

「それはもう、急ぎ捜してみましょう……」

半兵衛は引き受けた。

「うむ。半兵衛、宜《よろ》しく頼む。おのれ。何者かは知れぬが、此の大久保忠左衛門の足を引っ張ろうとするとは、許せぬ所業《しょぎょう》……」

忠左衛門は、細い筋張った首を振り立てた。

「はい。ならば此《これ》にて……」

半兵衛は、素早く用部屋から立ち去った。

「うむ。頼むぞ、半兵衛……」

忠左衛門は、嗄れ声を張り上げた。

「へえ。大久保さまと昵懇の仲の盗人ですか……」

音次郎は、素《す》っ頓狂《とんきょう》な声を上げた。

「旦那、まさか隙間風の父っつあんじゃあ……」

半次は眉をひそめた。

「うむ。半次、どうやらその隙間風の五郎八らしいんだな」

半兵衛は苦笑した。

「やっぱり。それにしても、五郎八の父っつあんがそんな事を言い触らしますかね」

半次は、首を捻った。

「分からないのはそこだ。ま、調子に乗り易《やす》い父っつあんだが、大久保さまと昵懇の仲だと言い触らすとは思えぬ……」

半兵衛は眉をひそめた。

「ええ。あっしもそう思います」

「でも、魔が差す、弾みって事もありますよ」

音次郎は、厳しい見方をした。

「うむ。ま、取り敢《と》えず隙間風の五郎八の家に行ってみるか……」

半兵衛は、猪口《ちよこ》を置いて一石橋《いちこくばし》の袂《たもと》の蕎麦屋を後にした。

半次と音次郎は続いた。

鳥越川《とりごえがわ》は三味線堀から流れ、新堀川《しんぼりがわ》と合流して浅草御蔵《おくら》脇から大川《おおかわ》に注いでいる。

半兵衛は、半次や音次郎と鳥越川に架かっている甚内橋《じんないばし》を渡り、鳥越明神に進んだ。

鳥越明神の裏、元鳥越町に盗人隙間風の五郎八の家はあった。

半兵衛、半次、音次郎は、元鳥越町の五郎八の家に向かった。

路地の左右には小さな家が並び、奥に井戸があった。

音次郎は、井戸の近くの小さな家の格子戸《こうしど》を叩いた。

「五郎八さん、五郎八さん……」

音次郎は、格子戸を叩きながら家の中に呼び掛けた。だが、家の中から五郎八の返事はなかった。

「音次郎……」

半次は促した。

「はい……」

音次郎は頷《うなず》き、格子戸を開けようとした。

格子戸には錠《じよう》が掛けられているらしく、開く事はなかった。

「留守ですかね……」

「裏に廻ってみろ……」

半兵衛は命じた。

「はい……」

半次と音次郎は、隣家との狭い間を抜けて裏に廻った。

半兵衛は、飛び出して来る五郎八を待った。

半次と音次郎は、隣家との狭い間を抜けて猫の額《ひたい》ほどの庭に出た。

庭に面した座敷は雨戸が閉められ、開く事はなかった。

「流石《さすが》は盗人。戸締まりはしっかりしているぜ」

半次は苦笑した。

五郎八は、飛び出して来なかった。

「やはり、出掛けて留守のようだな」

半兵衛は苦笑した。

「ええ。家の中にもいませんでした」

音次郎は告げた。

「旦那。五郎八の父っつあん、浅草寺で鴨《かも》を捜しているのかもしれません」

半次は読んだ。

「よし……」

半兵衛は、浅草寺に行く事にした。


金龍山浅草寺は参拝客で賑わっていた。

盗人隙間風の五郎八は、偉そうに威張《いば》り腐《くさ》っている武士の屋敷や金に物を云わせる旦那や隠居が営む店に押し込む自称義賊《ぎぞく》だ。そして、そうした獲物を浅草寺の参拝客の中から捜していた。

半兵衛は、茶店の縁台《えんだい》に腰掛け、茶を啜《すす》りながら行き交う参拝客の中に隙間風の五郎八を捜した。

半次と音次郎は、本堂や境内《けいだい》の様々な処に五郎八を捜し廻った。

盗人隙間風の五郎八は見付からない……。

半次と音次郎は、半兵衛のいる茶店に戻って茶を飲みながら報《しら》せた。

「そうか……」

半兵衛は頷いた。

「何処《どこ》で何をしているのか……」

半次は、心配げな面持ちで茶を啜った。

「ええ。変わった事がなきゃあいいんですがね……」

音次郎は頷いた。

「ひょっとしたら危ない目に遭い、咄嗟《とっさ》に切り抜けようと、つい大久保さまと昵懇の仲だと云ってしまったのかも……」

半次は読んだ。

「うむ。そして、そいつが裏目に出たかな……」

半兵衛は茶を啜った。

北町奉行所吟味方与力大久保忠左衛門と昵懇の仲だと云った為、生かしておけぬと始末されたのかもしれない。

半兵衛は読んだ。

「裏目ですか……」

半次は、吐息を洩らした。

「本当に何処にいるんですかねえ……」

音次郎は茶を啜った。

「誰を捜してんだい……」

音次郎の隣に老爺が腰掛けた。

「うん。ああ……」

音次郎は、隣に腰掛けた老爺を見て思わず声を上げた。

半兵衛と半次は、音次郎を見た。

音次郎の隣には、盗人の隙間風の五郎八が腰掛けていた。

「五郎八……」

「父っつあん……」

半兵衛と半次は驚いた。

「半兵衛の旦那、半次の親分。お久し振りで……」

隙間風の五郎八は、皺《しわ》だらけの顔を綻《ほころ》ばせて半兵衛と半次に挨拶をした。

「やあ。隙間風の五郎八……」

半兵衛は苦笑した。

「えっ。あっしが大久保さまと昵懇の仲だと言い触らしている……」

五郎八は、戸惑いを浮かべた。

「ああ。違うのか……」

半兵衛は、五郎八を見据えた。

「ええ。あっしは別に言い触らしちゃあおりませんが……」

五郎八は眉をひそめた。

「だが、大久保さまは、隙間風の何とかと云う盗人が自分と昵懇の仲だと言い触らしていると、怒っている……」

「そんな……」

五郎八は困惑した。

「五郎八の父っつあん。隙間風って二《ふた》つ名《な》の盗人、他にもいるのか……」

半次は尋ねた。

「いえ。あっしの知る限りじゃあ、隙間風はあっしだけだが……」

「本当か……」

半次は念を押した。

「ああ。あっしの知る限りじゃあな……」

「ならば、五郎八。お前、大久保さまと昵懇の仲だと誰かに云った事は、一度もないのか……」

半兵衛は尋ねた。

「そう云われると、一度か二度、酒を飲んだ時に……」

「誰かに云った覚え、あるのだな……」

半兵衛は読んだ。

「ええ……」

五郎八は頷いた。

「いつ、誰に云ったのか、覚えているか……」

半兵衛は、重ねて尋ねた。

「さあて……」

五郎八は首を捻った。

「五郎八、気安く酒を飲む同業の相手は誰だ」

「そうですね。明烏《あけがらす》の重吉《じゆうきち》と観音《かんのん》の長次郎《ちようじろう》ですか……」

「明烏の重吉と観音の長次郎……」

「はい……」

「どんな奴かな……」

「二人共、年の頃はあっしと同じ位で、一人働《ひとりばたら》きの真っ当な盗人でして……」

「真っ当な盗人ねえ……」

半兵衛は苦笑した。

「ええ。あっしと同じに威張り散らす侍や金に汚い商人の屋敷だけに押し込むって奴でしてね。明鳥の重吉は若い頃は草相撲《くさずもう》の大関《おおぜき》を張っていた大きな図体の奴でして、観音の長次郎は背中に観音さまの彫《ほ》り物《もの》を入れた痩《や》せた男でしてね、尤《もっと》も寄る年波の背中なもんで、観音さまも皺だらけの婆《ばば》あになっちまってますがね」

「婆あ観音か……」

音次郎は笑った。

「罰当《ばちあ》たり……」

五郎八は、音次郎の頭を素早く叩《はた》いた。

「すんません……」

音次郎は、苦笑しながら詫《わ》びた。

「五郎八と同じ年頃で、図体の大きな明烏の重吉と、背中に観音さまの彫り物を背負った痩せた観音の長次郎。何処にいるのかな……」

「旦那……」

「五郎八、重吉と長次郎の何方《どっち》かが危ない目に遭い、相手を脅すつもりで大久保さまと昵懇の仲のお前の名前を騙《かた》ったのかもしれぬ」

「旦那、危ない目ですか……」

五郎八は、不安を過ぎらせた。

「うむ。重吉と長次郎、何処にいる……」

半兵衛は、厳しさを滲《にじ》ませた。

「明烏の重吉は、きっと浅草新鳥越町の熱田明神《あつたみようじん》脇の家にいるかと……」

「よし。五郎八、案内しろ」

「はい……」

半兵衛、半次、音次郎は、五郎八に誘《いざな》われて浅草新鳥越町の熱田明神に急いだ。

金龍山浅草寺から浅草新鳥越町には、千住街道《せんじゆかいどう》を行けば近い。

五郎八は、半兵衛、半次、音次郎を千住街道から熱田明神脇の道を進んだ。

熱田明神脇の道の先には田畑が広がり、小さな百姓家があった。

「あの百姓家が明鳥の重吉の家です」

五郎八は示した。

百姓家には洗濯物が干され、数羽の鶏が動き廻っていた。

「重吉、家族は……」

「おかみさんは随分前に病で亡くなり、一人暮らしですぜ」

「そうか。よし、いきなり私たちが行けば重吉も驚くだろう。此処は五郎八、お前が先乗りをして、重吉に大久保さまと昵懇の仲だと誰かに云ったかどうか探ってみてくれ」

半兵衛は命じた。

「承知。じゃあ……」

五郎八は、百姓家に軽い足取りで向かった。

半兵衛は見送った。

「明鳥の重吉ですか……」

半次は眉をひそめた。

五郎八は、百姓家に入って行った。

「ああ。知っていたか……」

「いいえ……」

半次は、首を横に振った。

「ならば、観音の長次郎はどうだ……」

「観音の長次郎なら、ちょいと聞いた覚えがありますが……」

半次は頷いた。

「旦那、親分、音次郎……」

五郎八が百姓家から現れ、嗄れ声で叫んだ。

異変だ……。

半兵衛、半次、音次郎は、百姓家に走った。

「どうした……」

「明烏の重吉はいねえんですが、血が……」

「何処だ……」

「こっちです」

五郎八は、家に駆け込んだ。

半兵衛、半次、音次郎は続いた。

家の中は薄暗く、冷え冷えとしていた。

土間に続く板の間には灰の固まった囲炉裏《いろり》があり、奥の座敷の乱れた蒲団《ふとん》には赤黒い血が飛び散っていた。

「此奴《こいつ》です……」

五郎八は、座敷に上がって乱れた蒲団に飛び散っている赤黒い血を指差した。

「うん。半次、音次郎、家の中と周りを検《あらた》めな……」

半兵衛は命じた。

「承知、音次郎……」

半次は、音次郎を従えて家の奥に向かった。

「旦那……」

五郎八は、皺だらけの顔に不安を滲ませた。

「うん……」

半兵衛は、蒲団に散っている赤黒い血を指先で擦《こす》った。

赤黒い血の痕《あと》は八割程は乾いており、擦った指先は赤く染まった。

「飛び散って一日半って処かな……」

半兵衛は、乾き具合から血の飛び散った日を読んだ。

「じゃあ旦那。重吉っつあん、昨日の明け方、誰かに襲われ、怪我をして連れ去られたんですかね」

五郎八は読んだ。

「うむ。或《あ》いは襲った奴が重吉に返り討ちにされて逃げ、重吉が追ったのかもしれない」

「でしたら、良いけど……」

五郎八は、不安に駆られた。

半兵衛は、座敷を見廻した。

座敷の障子と縁側《えんがわ》の雨戸は閉められていた。

「五郎八、お前が来た時、戸締まりはどうなっていた」

「えっ。そう云えば、表の腰高障子、開いていました……」

五郎八は、戸惑いを浮かべた。

「そうか……」

半兵衛は頷いた。

「旦那……」

半次と音次郎が戻って来た。

「家の中と周り、検めましたが、誰もいなく、血の痕もありませんでした」

半次は報せた。

「そうか。御苦労さん……」

半兵衛は労《ねぎら》った。

「いいえ。で、何か分かりましたか……」

半次は尋ねた。

「うん。重吉が襲われて血が飛び散ったのは、おそらく昨日の明け方だが、血が重吉のものか襲った奴のものかは、はっきりしない」

半兵衛は、読みを報せた。

「そうですが……」

「して、五郎八。盗人の明烏の重吉、誰かに恨まれていたって事は……」

「旦那、あっしたちは江戸中の悪党に恨みを買っていますよ」

五郎八は、自慢げな笑みを浮かべた。

「そうか。じゃあ重吉が、危なくなると逃げ込む処は何処かな」

「そいつは皆、それぞれで。あっしは八丁堀の旦那のお屋敷ですが……」

以前、五郎八は首に十両の賞金を懸《か》けられて、半兵衛の組屋敷に隠れていた事があった。

「分からないか……」

半兵衛は苦笑した。

「はい……」

「ならば五郎八。観音の長次郎の家は何処だ」

半兵衛は尋ねた。

「深川《ふかがわ》は弥勒寺橋《みろくじばし》の袂の北森下町《きたもりしたちよう》です」

五郎八は告げた。

「よし。半次、音次郎、深川弥勒寺橋の袂の北森下町に行くよ」

「はい……」

「さあ、五郎八、案内して貰おうか……」

半兵衛は、五郎八を促し、半次や音次郎と盗人観音の長次郎の家に向かった。

二

隅田川《すみだがわ》に架かっている吾妻橋《あづまばし》を渡り、大川沿いの道を両国橋に進んで北本所《きたほんじょ》に出る。そして、公儀御竹蔵《おたけぐら》裏の道に入り、本所竪川《たてかわ》に向かう。

半兵衛、半次、音次郎は、五郎八に誘われて竪川に架かっている二《ふた》つ目之橋《めのはし》を渡った。

そこは林町《はやしちょう》一丁目であり、その先に萬徳山《まんとくざん》弥勒寺の伽藍《がらん》が見えた。

五郎八と半兵衛たちは、弥勒寺前の五間堀《ごけんぼり》に架かっている弥勒寺橋を渡り、深川北森下町に入った。

「こっちです……」

五郎八は、弥勒寺橋の袂から五間堀沿いを六間堀《ろっけんぼり》に向かった。

「あそこですよ」

五郎八は、五間堀沿いに並んでいる家々の中の板塀に囲まれた家を示した。

「よし。五郎八、それとなく探りを入れてみるんだ。半次、一緒に行きな」

半兵衛は命じた。

「承知。行くぞ、父っつあん……」

半次と五郎八は、板塀に囲まれた家に向かった。

半兵衛と音次郎は、物陰から見送った。

五郎八と半次は、木戸門を潜って板塀の内に入って行った。

「長次郎さん、いるかい。俺だ、五郎八だ」

五郎八は、格子戸を叩いた。

家の中から返事はなかった。

「長次郎さん……」

五郎八は、家の中に声を掛けながら格子戸を引いた。

格子戸は開いた。

「親分……」

五郎八は、半次を窺《うかが》った。

「父っつあん……」

半次は、五郎八に声を掛けろと促し、家の中に入った。

「長次郎さん、いるかい……」

五郎八は、戸口で家の中に声を掛けた。

半纏《はんてん》を着た若い男が路地から現れ、長次郎の家の木戸門の中を窺った。

「旦那……」

音次郎は緊張した。

「うん……」

半兵衛は眉をひそめた。

半纏を着た若い男は、木戸門の傍を離れて身を翻《ひるがえ》した。

「旦那……」

「うむ。気を付けてな……」

半兵衛は頷いた。

「合点《がってん》です」

音次郎は、物陰を出て半纏を着た若い男を尾行《つけ》た。

半兵衛は見送った。

半次は、家の中を見廻した。

居間や座敷には誰もいなかった。

「親分、長次郎、いないのかい……」

五郎八が入って来た。

「父っつあん、長次郎は一人暮らしかい……」

「いいや。おとよって色っぽい若いおかみさんがいるよ……」

「おとよって色っぽい若いおかみさんね……」

「ああ。孫のような歳の差なんだが、そりゃあもうぞっこんでね」

五郎八は苦笑した。

「おい。誰かいるのか、おい……」

男の嗄《しやが》れ声がした。

「父っつあん……」

「納戸《なんど》の方だ……」

半次と五郎八は、納戸に向かった。

半次と五郎八は、納戸の板戸を開けた。

行燈《あんどん》や炬燵《こたつ》、蒲団などの中に、痩せた年寄りが縛られていた。

「長次郎……」

五郎八は驚き、縛られている長次郎を納戸から引《ひ》き摺《ず》り出した。

「あ、痛、痛てえ……」

長次郎は、殴られた痕の残る老顔を歪《ゆが》めた。

「おう。大丈夫か。しっかりしな……」

半次は、素早く長次郎の縄を解《ほど》いた。


「た、助かったぜ、五郎八……」

長次郎は、喉を鳴らして水を飲んだ。

「何があったんだ。長次郎……」

五郎八は、厳しい面持ちで尋ねた。

「ああ。夜狐《よぎつね》の野郎が……」

「夜狐……」

半次は眉をひそめた。

「五郎八。こっちは……」

長次郎は、半次に警戒の眼を向けた。

「あ、ああ。心配はいらねえ。本湊の親分だ」

五郎八は、大きく頷いた。

「そうか、本湊か……」

長次郎は頷いた。

「で、夜狐の義十《ぎじゅう》がどうかしたのか……」

五郎八は、話の先を促した。

「ああ。夜狐の野郎、俺が下調べをしている獲物《えもの》の事を教えろと抜かしやがって……」

長次郎は、悔しさを露《あら》わにした。

「押し込み先の事をか……」

「ああ。忍《しの》び口《ぐち》から金蔵、退《の》き口迄《ぐちまで》もな……」

「で、教えたのか……」

「冗談じゃあねえ、教えてたまるか。そう云ったら此の年寄りに殴る蹴るの乱暴狼藉《ろうぜき》。挙句《あげく》の果《は》てに教える気になる迄、おとよを預かると抜かして連れて行きやがった。おとよ……」

長次郎は、老顔をだらしなく歪め、小さな髷《まげ》の頭を抱えた。

「で、長次郎さん。盗賊の夜狐の義十は何処にいるんだ」

半次は訊いた。

「分からねえ。そいつが分からねえんだ」

長次郎は、嗄れ声を震わせた。

「じゃあ、話す気になった時は、どう繋《つな》ぎを取るんだ」

半次は問い質した。

「若い手下がいただろう……」

長次郎は吐き棄てた。

「いいや。そんな野郎はいなかったぜ。なあ、隙間風の父っつあん……」

「ああ……」

五郎八は頷いた。

「いなかった。じゃあ、五郎八が来たんで逃げやがったか……」

長次郎は、怒りを滲ませた。

「そうか……」

「処《ところ》で長次郎さん。明烏の重吉さん、此処《ここ》に来なかったかな」

半次は尋ねた。

「重吉が……」

長次郎は、戸惑いを浮かべた。

「ああ。来なかったか……」

五郎八は訊いた。

「来なかったと思うが、納戸に放り込まれてからは、良く分からねえな……」

長次郎は、首を捻った。

「そうか……」

「じゃあ、長次郎さん。お前さん、隙間風って盗人が北町奉行所吟味方与力大久保忠左衛門と昵懇の仲だと、誰かに言い触らした事はあるかな……」

半次は訊いた。

「えっ……」

長次郎は、落ち着きを失った。

「どうなんだ、観音の……」

五郎八は、長次郎を見詰めた。

「う、うん。夜狐の義十の野郎が、俺が下調べをしている獲物の事をしつこく訊いて来た時、兄弟分の隙間風って盗人が北町奉行所吟味方与力の大久保忠左衛門と昵懇の仲だと、手を引かせる為の脅しに云った事がある……」

長次郎は、申し訳なさそうに告げた。

「観音の……」

五郎八は、吐息を洩らした。

「父っつあん、どうやらその辺りだな」

半次は告げた。

「ああ。そいつが廻り廻って、大久保さまの耳に届いたようだ……」

五郎八は苦笑した。

「うん。よし、俺は此の事を知らん顔の旦那に報せる。夜狐の義十が何か云って くるかもしれねえ。隙間風の父っつあんは長次郎さんと此処にいてくれ」

半次は告げた。

「分かった……」

五郎八は頷いた。

「じゃあ……」

半次は、足早に出て行った。

「よし。長次郎、傷の手当てだ。薬は何処にある……」

五郎八は、長次郎に尋ねた。

「隙間風の、おとよは無事だろうな。おとよ……」

長次郎は、若い女房を心配して激しく鼻水を啜った。

「しっかりしろ、観音の長次郎……」

五郎八は苦笑し、励《はげ》ました。

弥勒寺門前の茶店に客は少なかった。

半兵衛は、縁台に腰掛けて茶を啜りながら半次の報せを聞いた。

「ほう。夜狐の義十か……」

半兵衛は眉をひそめた。

「はい。夜狐の義十、手下共を率いて押し込み、押し込み先の者を情け容赦なく殺す外道働《げどうばたら》きの盗賊……」

半次は、緊張を滲ませた。

「うむ。して、夜狐の義十。観音の長次郎の押し込みの企てを横取りしようとしているか……」

半兵衛は知った。

「はい。で、長次郎、義十を脅すつもりで、兄弟分の隙間風が大久保さまと昵懇の仲だと云ったそうです」

半次は告げた。

「そうか。ま、そんな処だろうが、余り脅しの効き目はなかったようだな」

半兵衛は苦笑した。

「はい……」

半次は、申し訳なさそうに頷いた。

「よし。後は音次郎が突き止めてくるかどうかだな」

「そう云えば、音次郎はどうしました……」

「うん。観音の長次郎の家を窺っていた若い奴がいてね」

「夜狐の手下です……」

半次は眉をひそめた。

「そうか。で、音次郎が尾行て行った」

「そうでしたか……」

半次は、微かな安堵を過ぎらせた。

「何か分かると良いんだが……」

半兵衛は笑った。

弥勒寺は勤行《ごんぎょう》の時なのか、僧侶たちの読経《どきょう》が響き始めた。

大川に架かる両国橋には、多くの人が行き交っていた。

半纏を着た若い男は、足早に両国橋を渡って両国広小路から米沢町《よねざわちょう》を抜け、浜町堀に向かった。

音次郎は、慎重に尾行た。

半纏を着た若い男は、時々振り返って尾行て来る者を警戒して進んだ。

尾行者を警戒するのは、堅気ではなく玄人《くろうと》の証《あかし》なのだ。

音次郎は読み、尾行を続けた。

半纏を着た若い男は、浜町堀に向かって足早に進んだ。

浜町堀には荷船が行き交っていた。

半纏を着た若い男は、軽い足取りで浜町堀に架かっている汐見橋《しおみばし》を渡り、西岸の堀端を南に進んだ。

音次郎は追った。

半纏を着た若い男は、浜町堀に架かっている千鳥橋《ちどりばし》や栄橋《さかえばし》の袂を過ぎ、高砂町《たかさごちょう》にある古い店の暖簾《のれん》を潜った。

見届けた……。

音次郎は、浜町堀に架かっている高砂橋の袂に潜み、溜息《ためいき》を吐《つ》いて緊張を解いた。

半纏を着た若い男の入った古い店には、商人宿『高砂屋《たかさごや》』の看板が掲げられていた。

商人宿高砂屋……。

音次郎は、高砂町の自身番《じしんばん》に走り、商人宿『高砂屋』について尋ねる事にした。

半兵衛と半次は、五間堀に面した観音の長次郎の家を見張った。

観音の長次郎と隙間風の五郎八は家から出る事はなく、夜狐の義十の手下と思われる者がやって来る事もなかった。

「旦那、親分……」

音次郎が駆け寄って来た。

「おう。御苦労さん。して、見届けたか……」

「はい。半纏の野郎、浜町堀は高砂町にある高砂屋って商人宿に入りました」

音次郎は報せた。

「高砂屋って商人宿……」

「はい。高砂屋は三年前、先代が急な病で頓死《とんし》して売りに出され、紋蔵《もんぞう》って中年男が居抜《いぬ》きで買ったそうでしてね」

「その紋蔵が今の旦那か……」

「はい。で、今は馴染客《なじみきやく》も増えたとか……」

音次郎は告げた。

「半次……」

「分かりました。五郎八と長次郎に訊いてみます」

半次は、板塀に囲まれた観音の長次郎の家に向かった。

「旦那、あの半纏野郎、何者なんですかね」

音次郎は首を捻った。

「音次郎、あの半纏の男は、外道働きの盗賊夜狐の義十の一味の者だ」

半兵衛は告げた。

「外道働きの夜狐の義十一味……」

音次郎は眉をひそめた。

「ああ……」

半兵衛は、厳しい面持ちで頷いた。

「浜町堀は高砂町にある商人宿高砂屋……」

観音の長次郎は眉をひそめた。

「ああ。お前さんを見張っていた半纏を着た三下《さんした》が此処からそこに行った。何か心当たりはあるかな」

半次は訊いた。

「ない。ないが……」

長次郎は、声を引き攣らせた。

「夜狐一味の盗人宿だろうな」

五郎八は読んだ。

「やっぱりな。高砂屋の主は紋蔵って名前だが、知っているか……」

半次は訊いた。

「確か義十の古い手下に紋蔵とか清蔵《せいぞう》とか云う野郎がいたが、そいつかな……」

五郎八は読んだ。

「本湊の、その高砂屋におとよはいるのか……」

長次郎は、引き攣る声で尋ねた。

「そいつは、未だ分からない……」

半次は、首を横に振った。

「義十の外道が……」

長次郎は、苦し気に呻《うめ》いた。

「隙間風の……」

半次は、五郎八を廊下に呼んだ。

「なんだい……」

五郎八は眉をひそめた。

「観音の長次郎、下手に動かないように見張るんだぜ」

「長次郎、若い女房に夢中だからな」

五郎八は苦笑した。

「ああ……」

「分かった……」

「それで、半兵衛の旦那と俺たちは夜狐の義十一味を追う」

半次は告げた。

「分かった。行方《ゆくえ》の知れねえ明烏の重吉を襲ったのも外道の義十だろう。一刻も早く義十をお縄にしてくれ」

五郎八は、小さな白髪髷の頭を下げた。

浜町堀の流れは緩《ゆる》やかだ。

半兵衛、半次、音次郎は、浜町堀に架かっている高砂橋の袂から商人宿『高砂屋』を窺った。

商人宿『高砂屋』は、泊まり客の行商人たちも出掛けているのか、暖簾を微風《そよかぜ》に揺らしていた。

盗人夜狐の義十は、観音の長次郎の狙った獲物を横取りしようとしている。

それが本当なら夜狐の義十は、おとよと引き換えに押し込みの企てを寄越せと長次郎に云って来る筈だ。

おとよに惚《ほ》れている長次郎は、おとよと引き換えだと云われれば、押し込みの企てを容易に渡す。

半兵衛と半次は読んだ。

「旦那、親分……」

音次郎が、商人宿『高砂屋』を示した。

羽織姿の中年男が、半纏を着た若い男を従えて現れ、周囲を鋭い眼で見廻した。

「主の紋蔵だ……」

半兵衛は睨《にら》んだ。

「ええ……」

半次と音次郎は、喉を鳴らして頷いた。

紋蔵と半纏を着た若い男は、高砂橋を渡って両国広小路に向かった。

「半次、私と音次郎は紋蔵たちを追う。お前は高砂屋におとよが閉じ込められているかどうか探るんだ」

半兵衛は命じた。

三

両国広小路は賑わっていた。
紋蔵と半纏を着た若い男は、両国広小路の賑わいを抜け、神田川に架かってい
る浅草御門を潜った。
半兵衛と音次郎は尾行た。

浅草御門を渡ると蔵前《くらまえ》の通りだ。

蔵前の通りは、浅草広小路に続いている。

紋蔵と半纏を着た若い男は、浅草広小路に向かっていた。

半兵衛と音次郎は尾行た。

「何処まで行くんですかね」

音次郎は焦《じ》れた。

「落ち着け、音次郎……」

半兵衛は苦笑した。

商人宿『高砂屋』は、中年の女中が店先の掃除をしていた。

半次は、高砂町の自身番で商人宿『高砂屋』にいる者を調べた。

主の紋蔵の他に女房のおつた、住み込みの老番頭の茂平《もへい》と女中が二人いた。

半纏を着た若い男は良吉《りようきち》と云い、『高砂屋』に出入りをして紋蔵の使《つか》いっ走《ぱし》りをしていた。

紋蔵と良吉が出掛けている今、『高砂屋』にいるのは、女房のおつた、老番頭の茂平と二人の女中の四人だ。

半次は、長次郎の女房おとよが閉じ込められているかどうか、調べる手立てを思案した。

さあて、どうする……。

忍び込むのに造作はない。だが、もし泊まり客がいて夜狐一味の者だったら事は面倒になるだけだ。

半次は、思案を続けた。

鳥越橋、浅草御蔵、御厩河岸《おんまやがし》……。

紋蔵と半纏を着た若い男は進み、浅草広小路近くに来た。

「もう直ぐ浅草広小路ですぜ」

音次郎は告げた。

「うん……」

次の瞬間、紋蔵と半纏を着た若い男は蔵前の通りから消えた。

「えっ……」

音次郎は、驚き素《す》っ頓狂《とんきよう》な声を上げた。

「右手に曲がった。駒形堂《こまがたどう》だ……」

半兵衛は、紋蔵と半纏を着た若い男が大川沿いにある駒形堂に曲がったと読んだ。

「は、はい……」

音次郎は走った。

紋蔵と半纏を着た若い男は、駒形堂の前を曲がって大川沿いの道に進んだ。

音次郎が蔵前の通りから現れ、駒形堂の前を通って大川沿いの道に走った。そして、物陰から大川沿いの道を窺った。

紋蔵と半纏を着た若い男は、大川沿いの道にある板塀に囲まれた家に入った。

音次郎は見届けた。

「どうした……」

半兵衛が、背後にやって来た。

「はい。あの家に入りました」

音次郎は、板塀に囲まれた家を示した。

「あの家か……」

半兵衛は、家の周囲を見廻した。

家の前には大川が流れ、竹町之渡《たけちようのわたし》や吾妻橋が近い。そして、奥州街道《おうしゆうかいどう》に続く浅草の千住街道や下総《しもうさ》と結ぶ本所にも近く、江戸の出入りには都合の良い場所だ。

いざとなれば、直ぐに逃げられるか……。

半兵衛は苦笑した。

「旦那、何か……」

音次郎は、半兵衛の苦笑に戸惑った。

「音次郎、ひょっとしたら、あの家に夜狐の義十が潜んでいるのかもしれないな……」

「えっ、夜狐の義十が……」

音次郎は緊張した。

「うん。暫《しばら》く見張るんだ」

半兵衛は命じた。

「合点です……」

音次郎は、喉を鳴らして頷いた。

浜町堀を行く猪牙舟《ちょきぶね》は、櫓《ろ》の軋《きし》みを甲高《かんだか》く響かせていた。

堀端に軒を連ねる店は暖簾を揺らしていた。

「火事だ。火事だあ……」

頬被《ほっかむ》りをした人足が、叫びながら現れた。

「火事だ。逃げろ。火事だ……」

堀端に軒を連ねている店から、店の者や客たちが慌てて出て来た。

「火事だ。火事だぞ。逃げろ……」

頬被りをした人足は、叫びながら連なる店の前を駆け抜けた。

火事は公儀が最も嫌う災《わざわ》いであり、火を出した者は重罪に処される。

連なる店からは、様々な者が出て来た。

商人宿『高砂屋』からも、女房のおつたと二人の女中。そして、老番頭の茂平と泊まり客の行商人が若い女を連れて出て来た。

若い女はおとよか……。

半次は、高砂橋の陰から見守った。

「火事は何処だ……」

「何処が火事だ……」

連なる店から飛び出して来た人々は、血相《けっそう》を変えて叫び、火事を探して右往左往した。

だが、火の手は何処にも見えなかった。

「火事は消えた。小火《ぼや》で消えたぞ」

頬被りをした人足が、路地から現れて叫びながら姿を消した。

「何だ。消えただと……」

「小火だったのか……」

飛び出して来た者たちは、安堵を浮かべて店に戻り始めた。

女房のおつたと二人の女中は商人宿『高砂屋』に戻り、老番頭の茂平と泊まり客の行商人も若い女を連れて続いた。

若い女は嫌がる素振《そぶ》りを見せた。

茂平と泊まり客は、若い女の腕を押さえて引《ひ》き摺《ず》るように商人宿『高砂屋』に入って行った。

おとよに間違いない……。

半次は、高砂橋の陰から見定めた。

「親分……」

人足が、頬被りを取りながらやって来た。

「おお、御苦労だったな……」

半次は、人足に小粒《こつぶ》を握らせた。

「お安い御用で……」

人足は、嬉し気に小粒を握り締めた。

「此の事は他言無用だぜ……」

「仰《おっしゃ》る迄もなく……」

「じゃあ、行きな……」

人足は、小粒を握り締めて駆け去った。

半次は、商人宿『高砂屋』を眺めた。

観音の長次郎の若い女房のおとよは、商人宿『高砂屋』に閉じ込められ、茂平や行商人を装《よそお》った夜狐一味の盗賊に見張られている。

半次は見届けた。


「おとよは、浜町堀の高砂屋に閉じ込められているか……」

半兵衛は、湯飲茶碗の酒を飲んだ。

「ええ。番頭の茂平と泊まり客を装った一味の野郎が見張っています」

半次は報せた。

「そうか。高砂屋の主の紋蔵、あれから駒形堂裏の仕舞屋《しもたや》に行ってね」

半兵衛は告げた。

「駒形堂裏の仕舞屋ですか……」

「うむ。半纏を着た若い男とね……」

「あいつは、良吉って野郎です」

「良吉か……」

「はい。夜狐一味の者ですぜ」

「紋蔵がその良吉と行った駒形堂裏の仕舞屋に、どうやら夜狐の義十はいるようだ」

半兵衛は読んだ。

「夜狐の義十が……」

半次は眉をひそめた。

「ああ……」

半兵衛は頷いた。

「踏み込みますか……」

「いや。先《ま》ずはおとよを無事に取り戻してからだ……」

「はい……」

「半次。紋蔵、今日は真っ直ぐ高砂屋に帰ったが、明日は動く筈だ」

「動く……」

「うむ。そこでだ半次……」

半兵衛は読み、不敵な笑みを浮かべた。

燭台《しょくだい》の火は揺れた。

浜町堀高砂町の商人宿『高砂屋』から泊まり客の行商人たちが、老番頭の茂平たちに見送られて出掛けて行った。

僅かな刻が過ぎた。

紋蔵と良吉が商人宿『高砂屋』から現れ、高砂橋を渡って大川に架かっている新大橋《しんおおはし》に向かった。

半兵衛と半次が物陰から現れた。

「紋蔵と良吉、睨み通り動きましたね……」

「ああ。高砂屋に残っているのは、女房のおつたと女中が二人、老番頭の茂平と行商人に扮《ふん》した盗人だな」

「はい……」

半次は頷いた。

「よし、私は紋蔵たちを追う。後は任せた」

半兵衛は命じた。

「はい……」

半次は頷いた。

半兵衛は、紋蔵と良吉を追った。

「お気を付けて……」

半次は、半兵衛を見送り、高砂橋の下の船着場に駆け下りた。

船着場には屋根船が舫《もや》われ、船頭の勇次《ゆうじ》がいた。

「勇次。父っつあん二人と由松《よしまつ》を呼んでくれ」

「承知……」

勇次は、屋根船の障子の内に入った。

由松と勇次は、岡っ引の柳橋《やなぎばし》の弥平次《やへいじ》の身内であり、半兵衛や半次は手の足りない時に助っ人を頼んでいた。

由松が、五郎八や長次郎と共に屋根船の障子の内から現れた。

商人宿『高砂屋』は静寂に覆われていた。

「邪魔するぜ……」

半次は、由松や勇次と共に『高砂屋』の店に踏み込んだ。

「いらっしゃいませ……」

老番頭の茂平が、怪訝《けげん》な面持ちで帳場から出て来た。

「やあ。番頭、おとよは何処にいる……」

半次は訊いた。

「えっ……」

茂平は狼狽《うろた》えた。

由松と勇次は、茂平を素早く取り押さえた。

「何処にいる、云え……」

半次は、厳しく見据えた。

「し、知らねえ。離せ……」

茂平は、苦しく踠《もが》きながらも惚《とぼ》けた。

「茂平、此迄《これまで》だ。年甲斐《としがい》のない真似をすると、寿命を縮めるだけだぜ」

半次は、茂平を容赦なく張り飛ばした。

「奥だ。廊下の突き当たりの部屋だ……」

茂平は、鼻血を流して吐いた。

由松と勇次は、廊下を突き当たりの部屋に向かった。

「父っつあん……」

半次は、五郎八を呼んだ。

五郎八と長次郎が入って来た。

「本湊の……」

「廊下の奥、突き当たりの部屋だ」

半次は告げた。


由松と勇次は、廊下の奥に進んだ。

「何だ、手前ら……」

行商人に扮した盗人が、突き当たりの部屋から現れて匕首《あいくち》を抜いた。

勇次は、萬力鎖《まんりきぐさり》の分銅《ふんどう》を放った。

萬力鎖の分銅は、行商人に扮した盗人の匕首を叩き落とした。

盗人は怯《ひる》んだ。

次の瞬間、由松は殴り飛ばした。

盗人は、壁に激しく叩き付けられた。

家は揺れた。

由松は、倒れた盗人を鋭く蹴《け》った。

盗人は気を失った。

勇次と由松は、突き当たりの部屋に踏み込んだ。

突き当たりの部屋には、縛られ猿轡《さるぐつわ》を噛まされたおとよがいた。

「おとよさんかい……」

由松は尋ねた。

おとよは、怯《おび》えた眼で頷いた。

勇次が縄を解いた。

「長次郎さんが迎えに来たぜ」

由松は告げ、おとよの猿轡を外した。

「うちの人が……」

おとよは、顔を輝かせた。

「お、おとよ……」

長次郎が、皺だらけの顔に喜びを溢《あふ》れさせて入って来た。

五郎八と半次は、戸口から見守った。

「お前さん、怖かったよう……」

おとよは、長次郎に抱きついた。

「もう、大丈夫だ。もう、安心だ。おとよ」

「お前さん……」

長次郎とおとよは抱き合い、嬉し涙を流して喜んだ。

由松と勇次は、祖父と孫娘のような夫婦の仲の良さに呆気に取られた。

「良かったな、観音の……」

五郎八は、貰い泣きして鼻水を啜った。

半次は苦笑した。


弥勒寺から読経が響いていた。

半兵衛は、物陰に潜んで長次郎の家を窺っていた。


紋蔵は、苛立った面持ちで長次郎の家の格子戸を叩いていた。

だが、長次郎の家から返事はなかった。

「長次郎の爺《じじい》……」

紋蔵は、腹立たし気に吐き棄てた。

「小頭《こがしら》……」

良吉が、庭から戻って来た。

「どうだった……」

「長次郎の爺、家の中にはいませんね」

良吉は告げた。

「そうか。長次郎の爺、隠れやがったか……」

紋蔵は、嘲《あざけ》りを浮かべた。

「まさか、女房のおとよが勾引《かどわか》されたって町奉行所に訴え出たんじゃあ……」

良吉は眉をひそめた。

「若い女房に現《うつつ》を抜かす爺でも、長次郎は観音の二つ名を持つ盗人だ。町奉行所に駆け込めば、自分もお縄になるのは知っているさ……」

「じゃあ……」

「ああ。何処かに隠れて遣《や》り過《す》ごそうって魂胆《こんたん》だろう」

「爺らしいですね……」

紋蔵は読んだ。

「よし。俺はお頭の処に行く。お前は此処に張り込み、長次郎の爺が戻って来るのを待っていろ」

紋蔵は命じた。

「はい……」

良吉は頷いた。

「じゃあな……」

紋蔵は、良吉を残して弥勒寺橋に向かった。

良吉は、紋蔵を見送った。

「おい……」

良吉は、背後からの声に振り返った。

刹那《せつな》、背後にいた半兵衛が十手を良吉の首筋に叩き込んだ。

良吉は、気を失って倒れた。

半兵衛は、気を失った良吉に捕《と》り縄《なわ》を素早く打った。

「白縫さま……」

自身番の店番と木戸番がやって来た。

「おう。此の三下を大番屋に引き立ててくれ」

半兵衛は命じた。

半次は、観音の長次郎と女房のおとよを勇次の操《あやつ》る屋根船に匿《かくま》い、由松や五郎八と商人宿『高砂屋』に潜んだ。

盗賊夜狐の義十一味の盗人は、既に捕らえた老番頭の茂平と行商人に扮した男の他にもいる。

出掛けている三人の行商人……。

三人の行商人は夜狐一味の盗人であり、押し込み先を探し、金蔵に金が幾らあるのか、忍び口や退き口があるかなどの下調べをしているのだ。

半次は、戻って来る行商人が夜狐一味かどうか五郎八に見定めさせ、由松の力を借りて一人残らずお縄にする手筈《てはず》だ。

半次、由松、五郎八は、行商人に扮した夜狐一味の盗人が帰って来るのを待った。

弥勒寺橋から本所竪川に架かっている二つ目之橋を渡り、公儀御竹蔵の裏を北本所に抜け、大川に架かっている吾妻橋を渡ると浅草広小路だ。

紋蔵は、吾妻橋を渡って浅草広小路に出た。

半兵衛は追った。

行き先は、駒形堂裏の板塀に囲まれた家だ。

半兵衛は読み、追った。

紋蔵は、吾妻橋の西詰に出て材木町《ざいもくちょう》の手前、大川沿いの道を南に進んだ。

半兵衛は、大川沿いの道を行く紋蔵に気が付き、吾妻橋を走った。

四

大川には様々な船が行き交っていた。

紋蔵は、大川沿いの道を流れに沿って進んだ。

竹町之渡を過ぎると、駒形堂の屋根が見えた。そして、その手前には板塀に囲まれた家があった。

紋蔵は、板塀の木戸門前で立ち止まり、鋭い眼差しで周囲を見廻した。

半兵衛は、物陰から見守った。

板塀に囲まれた家には、盗人の夜狐の義十がいる筈だ。

紋蔵は、辺りに不審な事はないと見定めて板塀の木戸門を潜った。

半兵衛は見届けた。

「半兵衛の旦那……」

音次郎が駆け寄って来た。

「おお、御苦労さん……」

半兵衛は労った。

「高砂屋の紋蔵ですね……」

音次郎は、紋蔵の入った家を見詰めた。

「ああ。して、此の家の事、分かったか……」

半兵衛は、板塀に囲まれた家を眺めた。

「はい。此の家は水戸《みと》の織物《おりもの》問屋の旦那が江戸で妾《めかけ》を囲っている家でしてね」

音次郎は、自身番や木戸番、出入りの商人などに聞き込んだ結果を報せた。

「いつもは、年増《としま》の妾のおそのと婆やのおくめの二人が暮らしているんですが、今は水戸から旦那の梅乃屋儀兵衛《うめのやぎへえ》が、手代の竜吉《りゅうきち》ってのをお供に来ているそうです」

音次郎は告げた。

「梅乃屋儀兵衛か……」

半兵衛は眉をひそめた。

「はい。あっしは梅乃屋儀兵衛が、盗賊の夜狐の義十じゃあないかと……」

音次郎は読んだ。

「うむ。おそらく間違いあるまい」

半兵衛は頷いた。

「じゃあ、此の家にいる義十と竜吉。浜町堀の商人宿の旦那の紋蔵と奉公人、それに泊まり客の行商人たちが、盗賊夜狐の義十一味ですか……」

音次郎は眉をひそめた。

「うむ。商人宿の高砂屋の方は、半次が柳橋の由松や勇次に手伝って貰っておよを助け、番頭たちをお縄にしている筈だ」

半兵衛は笑った。

「じゃあ、こっちも……」

音次郎は、勢い込んだ。

「ああ。一人ずつ片付ける……」

半兵衛は、不敵な笑みを浮かべた。

浜町堀沿いの道に様々な人が行き交った。

勇次は、高砂橋の袂で行商人の戻って来るのを見張っていた。

大きな荷物を背負った行商人が、栄橋を渡ってやって来た。

勇次は、何気ない素振りで商人宿『高砂屋』に入った。


商人宿『高砂屋』の帳場には五郎八がおり、半次と由松が土間の左右にいた。

「行商人が一人、こっちに来ます」

勇次は報せた。

「よし。父っつあん、夜狐一味の者かどうかの目利《めき》きだ……」

半次は、帳場にいる五郎八に告げた。

「おお、任せとけ……」

五郎八は、喉を鳴らして頷き、戸口を見詰めた。

「今、帰りましたよ……」

行商人が、大きな荷物を下ろしながら土間に入って来た。

「おう。久し振りだな梅次《うめじ》……」

五郎八は、笑い掛けた。

「お、お前……」

梅次と呼ばれた行商人は、戸惑った。

刹那、半次が由松や勇次と現れ、梅次に襲い掛かった。

「な、何しやがる」

梅次は驚き、狼狽えた。

半次と由松は、梅次を殴り、蹴り飛ばして押さえ付けた。

勇次が馬乗りになり、素早く捕り縄を打った。

「行商人は後二人……」

由松は、冷ややかに笑った。

「ああ……」

半次は頷いた。


大川の流れに夕陽が映えた。

半兵衛と音次郎は、駒形堂裏の板塀を廻した家を見張っていた。

板塀の木戸門が開いた。

半兵衛と音次郎は、物陰に身を潜めた。

紋蔵が、若いお店者に見送られて出て来た。

「紋蔵と手代の竜吉ですね」

音次郎は読んだ。

「ああ……」

半兵衛は頷いた。

紋蔵は、手代の竜吉に見送られて駒形堂に向かった。

「音次郎……」

半兵衛は、紋蔵を追った。

音次郎が続いた。

紋蔵は、駒形堂の角を曲がって蔵前の通りに進んだ。

「やあ。高砂屋の紋蔵じゃあないか……」

半兵衛は、背後から呼び掛けた。

紋蔵は、怪訝な面持ちで立ち止まって振り返った。

刹那、半兵衛は一気に間合いを詰めた。

紋蔵は怯んだ。

半兵衛は、紋蔵の胸倉を鷲摑《わしづか》みにして十手を鳩尾《みぞおち》に叩き込んだ。

紋蔵は、眼《む》を剝き、息を詰まらせて倒れた。

「紋蔵、神妙《しんみょう》にお縄を受けろ……」

音次郎が、捕り縄を手にして倒れた紋蔵に駆け寄った。

紋蔵は、気を失っていた。

音次郎は、気を失った紋蔵に素早く捕り縄を打った。

「残るは夜狐の義十か……」

半兵衛は笑った。


半次、由松、勇次、五郎八は、商人宿『高砂屋』に帰って来た行商人を装った盗人の二人目を捕縛《ほばく》した。

残るは一人……。

半次、由松、勇次、五郎八は、三人目の行商人を装った盗人が帰って来るのを待った。

僅かな刻が過ぎた。

勇次は、素早い身の熟《こな》しで商人宿『高砂屋』の店土間に入って来た。

「半次の親分、由松の兄貴、行商人が来ます」

勇次は報せた。

「よし。五郎八の父っつあん、此奴《こいつ》が最後だ。抜かるんじゃあねえぞ」

半次は、五郎八に声を掛けた。

「ああ。皆も、相手は外道働きの盗賊だ。容赦は無用だぜ」

五郎八は張り切った。

「今、戻りましたよ」

行商人に扮した盗人が土間に入り、框《かまち》に腰掛けて背中の荷物を下ろし始めた。

「おう。お前、確か猪助《いすけ》だったな……」

五郎八は、框に腰掛けて荷物を下ろした行商人を見詰めた。

「えっ……」

猪助と呼ばれた行商人は、戸惑いを浮かべた。

「そうだ。夜狐一味の猪助だ……」

五郎八は笑った。

次の瞬間。半次が由松や勇次と猪助に襲い掛かった。

猪助は驚き、慌てて逃げようとした。

由松が角手《かくて》を嵌《は》めた手で猪助を摑み、容赦なく殴り飛ばした。

猪助は、悲鳴を上げて倒れた。

半次と勇次は、倒れた猪助に襲い掛かって殴り、蹴り飛ばし、捕り縄を打った。

番頭の茂平と見張りの若い盗人、行商人に扮した三人の盗人は、半次、由松、勇次、五郎八に捕縛された。

盗人宿である商人宿『高砂屋』は壊滅した。

大川は薄暮《はくぼ》に覆われ、行き交う船は明かりを灯し始めた。

半兵衛と音次郎は、駒形堂裏にある板塀に囲まれた家を見張り続けた。

「旦那……」

半次と五郎八が駆け寄って来た。

「やあ。終わったか、高砂屋は……」

半兵衛は尋ねた。

「はい。番頭の茂平や泊まっていた行商人など五人を、由松と勇次に助けて貰ってお縄にし、大番屋の仮牢に放り込みました」

半次は告げた。

「そうか、主の紋蔵と良吉も大番屋に送った。残るは頭の夜狐の義十と手下の竜吉だ……」

半兵衛は、板塀に囲まれた家を眺めた。

「半兵衛の旦那、お蔭さまでおとよも無事に長次郎の許に戻りました」

五郎八は、半兵衛に礼を述べた。

「そりゃあ良かった。気になるのは明烏の重吉の行方だな」

「はい。明烏の重吉の行方、夜狐の義十の野郎が知っているかもしれません」

五郎八は読んだ。

「よし。ならば、踏み込むか……」

半兵衛は笑った。

板塀に囲まれた家は夜の闇に覆われ、明かりを灯した。

半兵衛は、音次郎と板塀の木戸門を潜って戸口に進んだ。

半次は、五郎八と庭先に向かった。

「音次郎……」

半兵衛は促した。

音次郎は頷き、格子戸を抉《こ》じ開《あ》けて踏み込んだ。

半兵衛は続いた。

座敷では、盗賊夜狐の義十が年増の妾おそのの酌《しやく》で酒を飲んでいた。

「何だ、手前ら……」

竜吉の怒声が響いた。

「お、お頭……」

妾のおそのが狼狽えた。

「逃げろ、おその……」

義十は叫び、傍らの長脇差《ながわきざし》を摑んだ。

おそのは、慌てて台所に逃げた。

「お頭、役人です……」

竜吉が、襖《ふすま》を破って転がり込んで来た。

「何……」

夜狐の義十は身構えた。

半兵衛が音次郎を従え、座敷に踏み込んで来た。

「やあ。夜狐の義十だね……」

半兵衛は、夜狐の義十に笑い掛けた。

「手前……」

夜狐の義十は、長脇差を抜いた。

「北町奉行所の白縫半兵衛だ。高砂屋の紋蔵たちは皆、お縄にした。神妙にするんだね」

半兵衛は告げた。

「野郎……」

竜吉は、匕首を構えて半兵衛に突進した。

半兵衛は躱《かわ》し、足を飛ばした。

竜吉は、足を取られてよろめいた。

音次郎は、よろめいた竜吉を蹴り飛ばした。

竜吉は壁に激突し、家を揺らして倒れた。

音次郎は、倒れた竜吉を十手で滅多打《めったう》ちにして捕り縄を打った。

義十は、障子を開けて庭に逃げようとした。

だが、庭に半次と五郎八が、左肩を血に汚した大柄な年寄りを支えて現れた。

「旦那、明烏の重吉っつあんが納屋《なや》に閉じ込められていた」

五郎八は、大柄な年寄りを示して叫んだ。

「そいつは良かった」

半兵衛は笑った。

「へい……」

明烏の重吉は、血に汚れた顔で笑った。

「さあて、義十……」

半兵衛は、義十を厳しく見据えた。

半次と音次郎が迫った。

義十は追い詰められ、獣のような咆哮《ほうこう》を上げて半兵衛に斬り掛かった。

半兵衛は、抜き打ちの一刀を放った。

閃光が走り、義十の長脇差が飛ばされた。

義十は狼狽えた。

音次郎は、狼狽えた義十を庭に蹴落とした。

義十は、庭に倒れ込んだ。

明烏の重吉は、五郎八を振り払って義十に摑み掛かり、両手で首を絞《し》めた。

「人を嬲《なぶ》り殺しにしようとしやがった外道め、絞め殺してやる……」

重吉は、血に汚れた老顔に怒りを浮かべて義十の首を絞めた。

義十は仰《の》け反《ぞ》り、苦しく顔を歪めた。

「や、止めろ、重吉……」

五郎八は、慌てて止めに入った。

重吉は五郎八を突き飛ばし、義十の首を絞め続けた。

半兵衛は、半次と音次郎に止めろと促した。

「半次、音次郎……」

「止めろ。重吉、此迄だ」

「止めろ……」

半次と音次郎は、重吉を義十から必死に引き離した。

引き離された義十は、喉を笛のように鳴らして気を失った。

重吉は尻餅《しりもち》をつき、息を激しく鳴らした。

「落ち着け、重吉っつあん。落ち着け……」

五郎八は、重吉を懸命に宥《なだ》めた。

「半次、音次郎。夜狐の義十と手下の竜吉を大番屋に引き立てろ」

半兵衛は命じた。

「何、外道働きの盗賊夜狐の義十に殺されそうになった盗人が逃れる為、咄嗟に儂と昵懇の仲だと云ったと申すか……」

大久保忠左衛門は、筋張った細い首を伸ばした。

「はい。相手は押し込み先の者を情け容赦なく殺す外道。必死の思いで云ったそうです」

嘘も方便だ……。

半兵衛は告げた。

「して、儂と昵懇の仲だと云ってどうなったのだ……」

忠左衛門は、細い首の筋を引き攣らせた。

「それはもう。外道の盗賊も恐れおののき、解き放ってくれたそうです」

「殺されないで済んだのか……」

「はい。大久保さまの名はまさに人の命を護る御札、お守りにございますな」

半兵衛は、忠左衛門を眩《まぶ》しそうに見た。

「お守り……」

「はい……」

「そうか。儂の名はお守りか。で、盗賊夜狐の義十一味を捕縛したか……」

忠左衛門は、細い首を伸ばして満更《まんざら》でもない顔で頷いた。

「はい。流石は北町奉行所吟味方与力大久保忠左衛門さま。恐ろしい程の神通力《じんつうりき》ですな」

半兵衛は、感心したように告げた。

「う、うん。そうか。恐ろしい程の神通力のある御札、お守りか。よし。此度《こたび》の一件、良く分かった……」

忠左衛門は、細い首の筋を引き攣らせて満足げに頷いた。

盗賊夜狐の義十一味の者たちは、揃《そろ》って死罪になった。

半兵衛は、隙間風の五郎八、観音の長次郎、明烏の重吉たち老盗人の事を表沙汰にせず、知らん顔を決め込んだ。

重吉は傷の養生をし、長次郎は若い女房およよとの愛を燃やし、五郎八は忠左衛門の御機嫌伺《うかがい》に北町奉行所を訪れた。

忠左衛門は、五郎八の正体を知らずに喜び、無駄話に花を咲かせて昵懇の仲を深めていった。

世の中には町奉行所の役人が知らん顔をした方が良い事もある……。

半兵衛は苦笑した。

この作品は双葉文庫のために書き下ろされました。

双葉文庫

ふ-16-64

新《しん》・知《し》らぬが半兵衛手控帖《はんべえてびかえちよう》

金貸《かねか》し

2024年3月16日　第1刷発行

【著者】
藤井邦夫《ふじいくにお》

【発行者】
箕浦克史
【発行所】
株式会社双葉社
〒162-8540 東京都新宿区東五軒町3番28号
［電話］03-5261-4818(営業部)　03-5261-4868(編集部)
www.futabasha.co.jp(双葉社の書籍・コミックが買えます)
【印刷所】
中央精版印刷株式会社
【製本所】
中央精版印刷株式会社

【フォーマット・デザイン】
日下潤一

ISBN978-4-575-67192-6 C0193
Printed in Japan